人间词话

王国维 著
周兴陆 毛文琦 注评

凤凰出版社

图书在版编目（CIP）数据

人间词话 / 周兴陆，毛文琦注评. -- 南京 : 凤凰出版社，2022.7
ISBN 978-7-5506-3704-7

Ⅰ. ①人… Ⅱ. ①周… ②毛… Ⅲ. ①词话(文学)－中国－近代 Ⅳ. ①I207.23

中国版本图书馆CIP数据核字(2022)第105408号

书　　名	人间词话
注　　评	周兴陆　毛文琦
责任编辑	郭馨馨
特约编辑	莫　培
装帧设计	徐　慧
出版发行	凤凰出版社(原江苏古籍出版社) 发行部电话025-83223462
出版社地址	江苏省南京市中央路165号,邮编:210009
照　　排	南京凯建文化发展有限公司
印　　刷	江苏凤凰扬州鑫华印刷有限公司 江苏省扬州市江阳工业园蜀岗西路9号,邮编:225008
开　　本	787毫米×1092毫米　1/32
印　　张	6
字　　数	125千字
版　　次	2022年7月第1版
印　　次	2022年7月第1次印刷
标准书号	ISBN 978-7-5506-3704-7
定　　价	49.80元

(本书凡印装错误可向承印厂调换,电话:0514-85868858)

目录

前言

人生过处惟存悔，知识增时只益疑

王国维，字静安，号人间、观堂、永观等。1877 年 12 月 3 日（农历十月廿九日）出生在浙江海宁。父乃誉，清诸生，习书画，能仿杭州钱杜（字叔美）之作。家庭的熏陶，使得王国维对书画有一定的鉴赏力。其父王乃誉尝游幕溧阳。值太平军乱，乃弃幕就商。王氏家境清贫，一年所入，仅足给衣食。但童年的生活在后来的诗歌里留下的是美好的回忆："我本江南人，能说江南美。家家门系船，往往阁临水。兴来即命棹，归去辄隐几。"（《昔游》）十六岁时，他见友人读《汉书》，心生喜悦，拿出小时积攒的压岁钱，从杭州购得前四史，开启了读书生涯。然不喜《十三经注疏》，也不专事帖括，读书唯究经史大义。弱冠肄业于杭州敷文书院，两应乡举而不售。他并非早慧，早年的《杂诗》里就把自己比喻为生长七年仍不成株的豫章树，结果被交付于拙工之手，削斫得面目全非。

1898 年初，22 岁的王国维离开家乡到上海《时务报》馆作书记员，做一些校对报纸、抄录信笺的事，薪水低，工作枯燥，然自此"始知世尚有所谓新学"。不久后的一天，在上海创办东文学社的上虞人罗振玉去报馆找汪康年，不值，恰看到王国维《咏史》，颇为欣赏其中“千秋壮观君知否，黑海东头望大秦”二句，于是引荐他进入东文学社，从此王国维与罗振玉结下了终生之缘。第二年留学日本物理学校，但仅数月因脚气病（因缺乏维生素 B1 而引起的全身性疾病）归国。他“体素羸弱，性复忧郁”(《静安文集续编自序》)。当时正发生“戊戌政变”，社会各种政治势力、学术思潮和人生理念大冲突、大裂变、大融合。社会和人生的问题，日萦脑际，促使沉静忧郁的王国维去思考。因此，王国维的诗歌从一开始就带有一种穿透时空表象的深邃和莫可言状的孤独。1899 年，时仅 23 岁的他，便咏出：“几看昆池累劫灰，俄惊沧海又楼台。早知世界由心造，无奈悲欢触绪来。”(《题友人三十小像二首》其一）他只身异地，心头无端地涌起“四海一身原偶寄”的凄凉。身体的病弱和心灵的忧郁敏感强化了他内心与环境的生疏对立：“侧身天地苦拘挛，姑射神人未可攀。……终古诗人太无赖，苦求乐土向尘寰。”(《杂感》）此时的东文学社以讲授西方科学技术为务，而王国维的兴趣则偏重于哲学。通过日籍教师藤田丰八、田冈佐治二君，王国维间接得知康德、叔本华哲学。

1903 年春，王国维应张謇邀请，至南通通州师范学校任教。这一年夏天，开始读西方哲学、心理学著作，沉浸其中，眼界大开，非常快乐。《端居三首》其一曰：“端居多暇日，自与尘世疏。处处得幽赏，时时读异书。高吟惊户牖，清谈霏琼琚。”这异书就是康德专著《纯粹理性批判》之类的西方哲学书，当时“几全不可解，更辍不读”。王国维一直在思索人生的本质，此时他是苦闷的。《端居三首》其二曰：“我生三十载，役役苦不平。如何万物长，自作牺与牲？”身处的环境、人事似乎总与他相矛盾，激起心中的不平。既未闻道，“逐物又未能”，“冥然逐嗜欲，如蛾赴寒檠”，所以他希望像庄子那样“吾丧我”，可以“表里洞澄莹”。稍后，王国维读叔本华的《世界是意志和表象》(今译《作为意志和表象的世界》)，“大好之”，称其“思精而笔锐”，读之不已，更广涉叔本华其他哲学论著。叔本华悲观主义唯意志论哲学之所以和王国维一拍即合，一方面是由于叔氏哲学的社会批判色彩，高扬生命意志的异端精神，顺应当时的时势思潮，也顺应王国维少年时即表现出的求新求异的、叛逆的倾向；另一方面，更主要的是在“悲观主义人生论”上，两人有着深度的契合点。叔氏悲观主义哲学可谓深契“性复忧郁”的王国维的心，对王国维此后的人生观、文学观有深刻的影响，也给王国维的文学创作和研究抹上一层厚重的悲观色彩。1903年《五月十五夜坐雨赋此》的“江上痴云犹易散，胸中妄念苦难余”，《偶成二首》(其一)的“我身即我敌，外物非所虞。人生免襁褓，役物固有余”，《六月二十七日宿硖石》的“人生过处惟存悔，知识增时只益疑”等诗句，其中的人生意识都浸透着叔本华哲学的内涵。此时他因为接受西学，自谓对人生有透彻的理解，有“众人皆醉我独醒”的感觉，所以“人生过处”二句之后又感慨说：“欲语此怀谁与共？鼾声四起斗离离。”似乎众人都还在睡梦之中。王国维家在浙水滨，农村的养蚕，给他留下了深刻的印象，他以蚕比喻人生：蚕化为蛾，蛾生籽再孵为蚕，“茫茫千万载，辗转周复始”(《蚕》)，人生也是如此，造化弄人，让人“草草阅生死”却无法摆脱。人生就像蚕，作茧自缚，还在茧中钻营。“大患固在我，他求宁非谩。所以古达人，独求心所安。……中夜搏嗜欲，甲裳朱且殷。”(《偶成二首》其二）首句来自《老子》的“吾所以有大患者，为吾有身”。如何摆脱嗜欲的挟制呢？此时他想到佛教，“蝉蜕人间世，兀然入泥洹”。此语说得容易，“践之良独难”。甚至就连释迦牟尼也只好在尘世里枯老终生了。《平生》就说：“人生地狱真无间，死后泥洹枉自豪。终古众生无度日，世尊只合老尘嚣。”

王国维诗词并非全部都是如此的低沉抑郁，也有过明媚的光亮。1904 年 8 月，罗振玉在苏州创办江苏师范学堂，聘请王国维来任教，并协助《教育世界》的编辑。这时王国维心情有过短暂的晴朗，赴任时经过嘉兴西南的石门镇，“老桑最丑怪，亦复可怡悦”，“非徒豁双眸，直欲奋六翮”(《过石门》)，似乎自此可以奋翮远翥。甚至他也偶尔少年轻狂过，如作于 1904 年秋的《浣溪沙》：“草偃云低渐合围，雕弓声急马如飞，笑呼从骑载禽归。　万事不如身手好，一生须惜少年时，那能白首下书帷。”但是短暂的激扬之后，随即而来的是沉重的无法排解的忧愁。

多病的人生遭逢多难的时代，“忧生”和“忧世”一齐积压着他，驱策他不断地去解索人生的困惑，追寻人生的真谛，为疲惫的心灵讨取片刻的安慰和宁静。青年时期的王国维就抱有浓郁的厌世情绪，甚至想找一个安静处隐居起来，读尽天下奇书。身体有病的人，总感觉到肉体的存在，而且这种存在是人生的累赘，是对精神自由的羁绊，因此灵魂和肉身往往是分裂的。王国维诗中就表现这种分裂。《来日二首》其一云："适然百年内，与此七尺遇。尔从何处来？行将徂何处？"精神寄寓在肉体之内是很偶然的事。但沉重的肉身，像荆棘一样阻止他的步伐。"我力既云痛，哲人倘见度。"唯有哲学可以超度灵魂，洞彻人生，所以他乞灵于哲学。恰在此时，叔本华的悲观主义哲学像闪电一样击中他的心灵，似乎他苦苦追寻的人生问题，有了彻底的解答。他的《欲觅》诗云："欲觅吾心已自难，更从何处把心安。诗缘病辍弥无赖，忧与生来讵有端。"与生俱来的忧愁没有穷尽，需要安顿。当时的安顿之处，就在叔本华哲学的启示。《叔本华像赞》曰："公虽云亡，公书则存。愿言千复，奉以终身。"似乎终身要成为叔本华的追随者。30 岁之前，王国维主要精力在介绍和钻研西方哲学美学，特别是自己所信奉的叔本华、尼采哲学。1904 年就发表了《叔本华之哲学及其教育学说》《叔本华与尼采》等哲学论文。谢国桢《悼静安先生》说他"首倡尼采学说，实为介绍西哲之学第一人"。1904 年的《红楼梦评论》就是"全以叔氏为立脚地"，此外像《屈子文学之精神》《文学小言》等，都是运用叔本华、尼采、康德、席勒等人的美学理论来探讨中国文学问题的有名之作。

“知识增时只益疑”，刚跨而立之年，他又开始对自己所醉心的哲学作反省式责问，说：“余疲于哲学有日矣。哲学上之说，大都可爱者不可信，可信者不可爱。……知其可信而不能爱，觉其可爱而不能信，此近二三年中最大之烦闷，而近日之嗜好所以渐由哲学而移于文学，而欲于其中求直接之慰藉者也。”（《静安文集续编·自序二》）王国维兼备敏锐丰富的审美感情和睿智深刻的思辨理性，集诗人与哲学家的气质于一身。“余之性质，欲为哲学家则感情苦多，而知力苦寡；欲为诗人则又苦感情寡而理性多。”（同上）两种气质的融合促动，使得他的哲学富有个性和情韵，诗学饱含理性和深度；两者的裂荡冲突，又迫使他不得不做出非此即彼的选择。王国维自视颇高，总是以天才自期自许。他省察自己说：“以余之力加之以学问，以研究哲学或可操成功之券，然为哲学家则不能；为哲学史则又不喜，此亦疲于哲学之一原因也。”（同上）哲学家是“作”，哲学史家只是“述”而已。不能做一个哲学家，又不情愿萎缩为一个哲学史家，所以他疲于哲学。

而此时诗词创作上的成就，引起了他另一番人生兴味，改变了他人生求索的路向。“不有言愁诗句在，闲愁那得暂时消”（《拼飞》）。王国维超越了哲学的玄思，走进了文学的幻境，在情真美幻、深邃杳渺的艺术境界中安顿灵魂。在《去毒篇》中他说：“感情上之疾病非以感情治之不可，必使其闲暇之时心有所寄而后能得以自遣。夫人之心力不寄于此则寄于彼，不寄于高尚之嗜好，则卑劣之嗜好所不能免矣。

而雕刻、绘画、音乐、文学等，彼等果有解之之能力，则所以慰藉彼者世固无以过之。……而美术之慰藉中尤以文学为尤大。”希求文学来燮理感情的疾病，寄托高尚的嗜好，慰藉饥渴的心灵。

“客里欢娱和睡减，年来哀乐与词增”（《浣溪沙》）。1906年《人间词甲稿》刊行，1908年前《人间词乙稿》也已完成。王国维对自己的《人间词》是十分自负的。《静安文集续编·自序二》说：“余之于词，虽所作尚不及百阕，然自南宋以后，除一二人，尚未有能及余者，则平日之所自信也。虽比之五代北宋之大词人，余愧有所不如，然此等词人亦未始无不及余之处。”很有自得之意。在《人间词话》中，他转述樊抗父（志厚）称道其《浣溪沙》《蝶恋花》等词后，夫子自道曰：“余自谓才不若古人，但于力争第一义处，古人亦不如我用意耳。”自许《人间词》已探得“第一义处”。又谈及自己唱和东坡白石韵的《水龙吟》《齐天乐》，说：“皆有‘与晋代兴’之意。”与古人原作相比毫无愧色。况且，“余之所长则不在是，世之君子宁以他词称我。”自信自负之情，溢于言表。的确，《人间词》是王国维生命底蕴的流露，精神生气的灌注，不同于“羔雁之具”、模拟之作，是作者对宇宙与人生、生命的悲剧性等基本人生问题讨问和思索的结晶。王国维忧郁沉闷的思虑和个性在《人间词》中完全敞开，《人间词》是此阶段诗人心灵之思、情感之动的真实痕迹，而王国维的《人间词话》就是对《人间词》创作实践经验的总结和理性把握。《人间词》和《人间词话》正是王国维词的创作实践和理论阐发的精粹，两者具有共同的人生信念作为基础，相互关联，相得益彰。《人间词》为《人间词话》提供丰富的感性经验基础，而《人间词话》是对《人间词》之创作感悟和艺术经验的理性概括和理论引申。两者产生时间大致相同，正好是王国维心灵轨迹和思索历程在感性和理性两个层面的清晰印记。

王国维《人间词》和传统诗词的最大区别，就是他不再仅仅关注人的伦理世情，去重复离别相思、宠辱陟黜的主题；而是将个人自我抛入茫茫大块的宇宙、大化流行生生不已的永恒中，让自我去面对注定的人类悲剧，甚至将自我作暂时的人格分裂，作灵魂拷问，去追究人生无根基性的命数；也就是说，王国维开始摆脱传统的伦理视界的限制，进入一种哲学视界，对人生进行一种哲学式的审美思索和艺术表达，用他自己的话来说就是“力争第一义处”。王国维的《人间词》浸透了叔本华的悲观主义哲学观，他用一双充满忧郁、孤独、悲悯的眼睛审视着世界和人生。词中的自然意象多是肃霜秋风、栖鸦孤雁、唳鹤啼乌、残霞落花，基本主题是人间无凭、人世难思量、人生苦局促。这种慨叹不是古人那种片刻失意落魄后的自怨自艾，而是词人王国维对宇宙人生一贯的哲学洞识和艺术感觉。在王国维的《人间词》中使用频率最高的词是“人间”“人生”。“人间”“人生”作为诗人体验思索的对象进入诗人的视野。王国维曾以“人间”为室号，将他的词集称为“人间词”，将他的词话命名为“人间词话”，其中似乎暗含着一种人生叩问的哲学况味。

王国维叩问的“人间”“人生”究竟是怎样一幅图景呢？他说：

人生只似风前絮，欢也零星，悲也零星，都作连江点点萍。（《采桑子》）

最是人间留不住，朱颜辞镜花辞树。（《蝶恋花》）

人间事事不堪凭，但除却“无凭”两字。（《鹊桥仙》）

人间总是堪疑处，唯有兹“疑”不可疑。（《鹧鸪天》）

说与江潮应不至，潮落潮生，几换人间世。（《蝶恋花》）

算来只合、人间哀乐，者般零碎。（《水龙吟·杨花》）

人间孤愤最难平，消得几回潮落又潮生。（《虞美人》）

人间那信有华颠。（《浣溪沙》）

人间须信思量错。（《蝶恋花》）

掩卷平生有百端，饱更忧患转冥顽。（《浣溪沙》）

人生苦局促，俯仰多悲悸。（《游通州湖心亭》）

人生一大梦，未申觉何时。（《来日》）

王国维的《人间词》旨在揭明乾坤广大、人生须臾这一命定的人生悲剧。人间是一场大梦魇，和地狱没有分别，而芸芸众生，迷失本心，唯务外求，百般钻营，最后通通如过眼烟云，瞬息永逝。这完全是出自叔本华悲观主义哲学观而对人生的解读。往民族文化传统中搜索，与老、庄的生死观也有相通之处。王国维通过诗词向人们挑明，向尘寰苦求乐土是无望的，人生就是一场悲剧，人生活在世界上就是永远的愁烦和揪心。“不有言愁诗句在，闲愁那得暂时消？”（《拼飞》）要打消闲愁，求得心安，只有在诗词艺术境界中才有可能。这就是王国维所说的他词中之“第一义处”，对这种“第一义处”的揭明，也就达到《人间词话》中标举的“真”的境界。1908、1909年发表的《人间词话》透过艺术意蕴对他意念中的人生真义进行哲学式的思索参悟，和传统文学中世俗的、政教的、伦理的思维路向是不同的（当然在传统文学中也有出于道家或禅宗的哲学式玄思，但尚未成为文学和文论主流）。这一点，对于理解《人间词话》是很重要的。因为我们已习惯于将王国维艺术理论的哲学式表达拉回到传统的政教伦理式表达的框架之中，忽略了《人间词话》的这一理论转向。

撰著《人间词话》之后，王国维开始将志趣转移到戏曲方面。这种转变也是受西方文学观念激发的。他自叙其有志于戏曲研究的缘故道：“吾中国文学之最不振者莫戏曲若。元之杂剧、明之传奇，存于今日者，尚以百数。其中之文字虽有佳者，然其理想及结构，虽欲不谓至幼稚、至拙劣，不可得也。国朝之作者虽略有进步，然比诸西洋之名剧，相去尚不能以道里计。此余所以自忘其不敏而独有志乎是也。”（《静安文集续编·自序二》）又在《文学小言》中说：“元人杂剧美则美矣，然不知描写人格为何事。至国朝之《桃花扇》则有人格矣，然他戏曲则殊不称是。……以东方古文学之国，而最高之文学无一足以与西欧匹者，此则后此文学家之责矣。”王国维鉴于中国戏曲之不振，试图从史的整理入手来担当起振兴的责任。在西方戏剧理论和史学观念的烛照下，结合传统的考据学方法，他撰著了《曲录》《戏曲考源》

《唐宋大曲考》《优语录》《古剧角色考》。1912 年以此为基础花三个月时间完成了《宋元戏曲史》。郭沫若称道此书和鲁迅的《中国小说史》说："毫无疑问，是中国文艺史研究上的双璧。"(《鲁迅和王国维》)

1911 年辛亥革命爆发后，王国维东渡日本，寄寓京都，因为罗振玉的影响，也以清朝遗少自居。对于"辛亥革命"这场史无前例的社会巨变的深远意义，王国维的认识是不清楚的。他认为袁世凯是篡逆，是大清的乱臣贼子。《颐和园词》曰："焉知今日新朝主，原是当年顾命臣。"这个"新朝主"，讽刺的就是袁世凯。而事实上袁世凯的那一套跟以前的朝代更迭没有多少实质性的差别。1911 年寓居日本时他作诗曰："市朝言论鸡三足，今古兴亡貉一丘。犹有故园松菊在，可能无赋仲宣楼？"(《定居京都奉答铃木豹轩枉赠之作并柬君山湖南君㧑为诸君子四首》之四）认为袁世凯称帝也不过是改朝换代而已，一个皇帝倒下，另一个皇帝起来。《读史二绝句》曰："楚汉龙争元自可，师昭狐媚竟如何？"斥责袁世凯，比之为篡夺曹魏政权的司马氏。当年袁世凯掌握北洋军阀大权的时候，朝廷里面已经有这种议论，比之为曹操、刘裕。此后的诗词里，王国维一再以大清遗民自居，表达故国之念，唾弃趋新的人物。如七言歌行《送日本狩野博士游欧洲》曰："谈深相与话兴衰，回首神州剧可哀。汉土由来贵忠节，至今文谢安在哉？"显然以文天祥、谢皋羽自我期许。1920 年的《高欣木舍人得明季汪然明所刊柳如是尺牍三十一通并己卯湖上草为题三绝句》曰："幅巾道服自权奇，兄弟相呼竟不疑。莫怪女儿太唐突，蓟门朝士几须眉！”赞美忠于故明的妓女柳如是来讽刺京城里“旧臣”纷纷做新官。“人事日隳溃，蒿目无乃创。平生忧世泪，定溢瑶池觞。”如果说辛亥之前王国维之忧郁，在于忧生的话，那么辛亥之后他的忧郁，则是忧生兼忧世了。

辛亥后，王国维在人生志趣和治学方向上又一次发生了根本性转折。他曾将以前出版的《静安文集》焚毁殆尽，以示有悔，在写成《宋元戏曲史》后，就埋头于古文字、古器物、古史地的研究。这既是从中寻求精神上的解脱，也有着持存故国文化的深层意旨。袁励准50大寿的1926年，王国维拟一寿联：“世乱春秋文愈治，岁寒松柏意常青。”其实是在自我表白。他是通过努力于“文愈治”而来对抗“世乱”的。他作诗送日本狩野博士：“我亦半生苦泛滥，异同坚白随所攻。多更忧患阅陵谷，始知斯道齐衡嵩。”“斯道”就是指文史学术。一个朝廷不在了，甚至一个国家不在了，只要文化还在，这个国家就会得到复兴。当然，王国维此次学术转向跟罗振玉也有很大关系。罗振玉给王国维的论学信规劝道：

尼山之学在信古，今人则信今而疑古。本朝学者，疑《古文尚书》，疑《尚书孔注》，疑《家语》，所疑固未尝不当。及大名崔氏著《考信录》，则多疑所不必疑。至于晚近，变本加厉，至谓诸经皆出伪造；至欧西之学，其立论多似周秦诸子，若尼采诸家学说，贱仁义，薄谦逊，非节制，欲创新文化以代旧文化，则流弊滋多！方今世论益歧，三千年之教泽，不绝如线；非矫枉不能返经。士生今日，万事不可为，极此横流，舍反经信古未由也！君年方壮，予亦非到衰落，守先待后，期与子共勉之！

随后在日本与罗振玉朝夕相处的五年时间里，王国维在古器物、文史研究上取得瞩目的成绩。袁嘉谷《我在学部图书局所遇之王静安》一文称赞说："辛亥以后，潜心学问而有古风者，推王静安。"

1916年王国维返回上海后，为犹太巨商哈同编辑《学术丛编》，后又兼任哈同创办的仓圣明智大学教授，长达七八年之久。仓圣明智大学和广仓学窘在那个时代为一些遗老遗少提供了一个避难所。特别是刊物《学术丛编》和一些丛书为王国维等提供了发表成果的机会，他的许多考据性成果，就发表于《学术丛编》或编入《广仓学窘丛书》。

1923年春，因前清封疆大员升允的举荐，溥仪在北京紫禁城"下诏"："杨钟羲、景方昶、温肃、王国维，均着在南书房行走。"入值南书房，虽仅为一差使，并非升官，但却一直是清朝文人的最高荣誉，可以在帝王身边论道论学，甚至影响到皇帝的决策。这四人中唯独王国维是诸生出身。他欣然"应诏"北上，任了末代皇帝溥仪的"南书房行走"。龙峨精灵《观堂别传》说："有清一朝以布衣应征的，朱竹垞后，先生是第一人，所以自己也惊为异数，刻了块'文学诗经'图章。"王国维此举显然标明他是大清的忠臣，而非民国的拥护者。此时他表现出赤胆忠诚，《题春心图》说："杜陵一老沧江上，独自心肝奉至尊。"正是自己心迹的袒露。关于此时他的政治立场，周光午《我所知之王国维先生》记述，溥仪逊位后，王国维曾给钱玄同一信，大致谓“中华民智未开，如实行西洋近代民主政治，徒为野心家所利用而召祸乱，故主张君主立宪之制”云云。周光午说：“此盖先生之所以在清帝逊位之后，宁为世人所笑，毅然蓄辫而为遗老者，亦其一种政治理想之寄托也已。”

1924 年 11 月 5 日，冯玉祥派鹿钟麟带兵入紫禁城，逼溥仪离宫。据与王国维有四十年旧交的金梁回忆说，罗振玉自天津赶来，气逆将绝，约王国维、柯劭忞同死。柯唯唯，而王国维以为真，问死所，罗指御河。不久溥仪移至日本使馆（后赴天津）。王国维大惊失色：“尤忧急，数与左右谋，常泣下，皆不省，且笑其迂。罗与某某，更日以同殉相要，而公死志决矣，亲写遗言。”（《读朱著王静安遗书编辑质疑书后》，《真知学报》1942 年第 6 期）。这就是人们常说的溥仪被逐出宫，王国维视为奇耻大辱，欲投御河自尽未遂。

次年，他愤于“皇室奇变”而遗老们犹“排挤倾轧，乃与承平无异”，决计“离此人海”（《观堂遗墨》卷下三月二十五日给蒋汝藻信）。这时，清华学校国学研究院依胡适的提议，拟聘王国维为研究导师。在当时的一些遗老看来，不用说做民国的官，就是担任民国的大学教习也是对大清的不忠，是“贰臣”。如 1917 年蔡元培聘郑文焯担任京师大学堂金石学教习，郑文焯拒绝曰：“昔者清史馆之聘，忍饿而不就，岂至今而复改节哉？”视之为“改节”。故而胡适向溥仪说请下诏，王国维奉“圣旨”而出任清华研究院导师。

然他心灵上一直笼罩着“忧君”“忧国”和“君辱臣死”的阴云。清华研究院学生眼中的王国维像“古鼎”“木鸡”“古潭”，寡言笑。吴其昌《王国维先生生平及其学说》描述说：“从外貌来看，中年以后的先生，肤色黧黑，颔上留两撇八字胡须，秃顶，脑后拖着一条小辫发，说话时露出长长的两个门牙，其余的牙齿脱掉很多，经常穿一件长袍，外面套上马褂。初次看到这位享有大名的学人，是不免使人感到失望的。”王国维沉默寡言，平生交游很少，与陌生人在一起，孤僻冷酷；但和熟人在一起，爱谈国内外的时事。其精神世界在外人看来是复杂而矛盾的。

1927年春，北伐军北上，湖南叶德辉被杀，北方是风声鹤唳，形势紧急。当时同是清华研究院导师的梁启超感慨“北京正是满地火药，待时而发，也许比南京更惨”，四月份告诉女儿令娴“我大约必须亡命”。6月，当北伐军进抵郑州，直逼北京时，王国维终于留下了“经此世变，义无再辱”的一纸遗书，投昆明湖自杀了。王国维曾说过：“余平生唯与书册为伍，故最爱而最难舍去者，亦唯此耳。”（转引自王德毅《王国维年谱》“叙例”）他一生的志趣在与书册为伍，做一个宁静的文人和学者。1903年，他重游狼山寺时曾向往着在山中建构一草庐，归隐读书，远离尘寰，“此地果容成小隐，百年那厌读奇书。君看岭外嚣尘上，讵有吾侪息影区。”（《重游狼山寺》）离开书本，离开古史世界，在纷纷扰扰的现实中王国维找不到息肩之处。在那政治时势、思想文化都极不宁静的时代，任何人都必须做出自己的选择。王国维最终选择了死。1903年，王国维《尘劳》诗云："投阁沉渊争一间，子云何事反离骚？"屈原之自沉与扬雄之投阁，其实都是文人不甘寂寞，其才不售的结果。那时的王国维是看不起文人为政治捐躯的，最终他却走上了屈原的道路。

对于王国维的死因，历来有不同的解释，然而死无对证，很难说哪一种解释确切地捉定了真正的原因。王国维曾就"自杀"发表过一番评论，说："至自杀之事，吾人姑不论其善恶如何，但自心理学上观之，则非力不足以副其志而入于绝望之域，必其意志之力不能制其一时之感情，而后出此也。而意志薄弱之社会，反以美名加之，吾人虽不欲科以杀人之罪，其可得乎哉？"（1906年《教育小言》）由早年之鄙薄自杀到晚年之亲身履践，其万不得已之情实在是"力不足以副其志而入于绝望之域"。陈寅恪《王静安先生遗书序》深沉的感慨，富有文化意味和思想深度。引述如下：

寅恪以为古今中外志士仁人，往往憔悴忧伤继之以死，其所伤之事，所死之故，不止局于一时间一地域而已，盖别有超越时间地域之理性存焉。而此超越时间地域之理性，必非其同时间、地域之众人所能共喻。然则先生之志事，多为世人所不解，因而有是非之论者，又何足怪耶？尝综览吾国三十年来人世之剧变至异，等量而齐观之，诚庄子所谓"彼亦一是非，此亦一是非"者。若就彼此所是非者言之，则彼此终古未由共喻，以其互局于一时间一地域故也。呜呼！神州之外更有九州，今世之后更有来世，其间尝亦有能读先生之书者乎？如果有之，则其人于先生之书钻味既深，神理相接，不但能想见先生之人，想见先生之世，或者更能心喻先生之奇哀遗恨于一时一地彼此是非之表欤！

王国维一生的学术道路曲折多变，在对人生永恒意义和心灵慰藉之所的探索路途上，他不断地求索，又不断地否定；否定又是为了新的探索。“人生过处惟存悔，知识增时只益疑。”(《六月二十七日宿硖石》) 对过去的后悔，对眼前的怀疑，对未来的迷惘，促使王国维过早地结束了他的人生道路。

哲人其萎，非庸辈所喻。然作为国学大师的王国维独特的精神世界，对于我们普通读者来说，总是一个深邃难测的谜。正是这个谜，召唤着一代又一代读者走近王国维，并试图走进王国维的内心。王国维的魅力不在于“自杀”，而在于他能将“旧学”和“新知”融会贯通，不新不旧，又新又旧。早年的王国维大力介绍叔本华、尼采的意志哲学和康德、席勒的游戏美学思想，但是他并不忘记将西洋哲学和中国自己的思想，特别是老子、庄子、列子、佛学的思想结合起来，以西洋哲学来阐发传统文化，对中国自己的思想作出全新的解释，掘发传统文化中尚隐而未彰的思想苗头。他也作传统的诗词，也运用“词话”这种传统的著述形式，但其中孕育的新思想、新识见，已远远超出传统思想的牢笼，无法将之纳入传统文学和文论的系统中去。所以吴文祺说他是“文学革命的先驱者”；后期的王国维转入古史考辨，将文字材料与出土实物相结合的“二重证据法”，是他的创造。

特别是他的古史考辨超出了传统学者信古迷经的视域，“经书不当经书（圣道）看，而当作史料看；圣贤不当圣贤（超人）看，而当作凡人看”，实是“旧思想的破坏者”。梁启超《王静安先生墓前悼辞》说：“王先生在学问上的贡献，那是不为中国所有而是全世界的。……近两年来，王先生在我们研究院和我们朝夕相处，令我们领受莫大的感化，渐渐成功一种学风。这种学风，若再扩充下去，可以成功中国学界的重镇。”王国维的去世，对于当时的中国学界，不啻为巨大的损失。

周兴陆

2012 年 11 月

词以境界为上

词以境界为最上。有境界则自成高格，自有名句。五代、北宋之词所以独绝者在此。

〔导读〕　“词以境界为最上”，这是王国维《人间词话》开宗明义的第一句。清季诸家论词均有鲜明特色，提到《白雨斋词话》，会想到“沉郁”，提到况周颐，会想到“重拙大”，“境界”二字是王国维词论的标签。

王国维的《人间词话》将国外哲学美学理论与传统诗词理论批评融会贯通，提出了一些颇有新意的理论问题，其核心理论就是“境界”说。视“境界”为诗词的本质属性。

在《人间词话》《人间词乙稿序》等著述中“境界”有时又作“意境”。虽然“意境”及与之相关的范畴在传统文论里早已出现，但王国维自认为传统的“兴趣”“神韵”等等不过“道其面目”，而“境界”二字“为探其本也”。“境”本来是指空间的界域，后又成为佛学的术语。唐代释圆晖在《俱舍论颂疏》中说：“心之所游履攀援者，故称为境。”“境”为“心识”所达到的广度和层次。王国维的“境界”说也是从主体心识的层次这个角度立论的。魏晋南北朝时期的“感物兴情”说，主体还不具有自主性，物是第一位的，外物（包括自然景物和人事的顺逆穷达）决定着人的情感。中唐以后在佛学的影响下，特别是宋代道学精神影响下的文论，超越了这种“感物兴情”模式，正如黄庭坚所说：“决定不是物，方名大丈夫。”（《次韵杨明叔四首》之一）在物、我关系中，主体超越外物的羁绊，更注重于“我”即主体之“眼”、之“识力”。用黄庭坚的话来说，“若以法眼观，无俗不真；若以世眼观，无真不俗”（《题意可诗后》）。王国维的“境界”说，就是沿着这种主体论而更进一步的。在《清真先生遗事·尚论三》中，他引述黄庭坚所谓“天下清景，不择贤愚而与之，然吾特疑端为我辈设”之论并发挥说：

境界有二：有诗人之境界，有常人之境界。诗人之境界，唯诗人能感之而能写之，故读其诗者，亦高举远慕，有遗世之意。而亦有得有不得，且得之者亦各有深浅焉。若夫悲欢离合、羁旅行役之感，常人皆能感之，而唯诗人能写之。故其入于人者至深，而行于世也尤广。

所谓的“常人之境界”也就是说现实生活中的人都是欲望主体，受欲望的挟制，从功利的眼光看待外物，毫无美感可言。“诗人之境界”是指诗人暂时摆脱欲望的挟制，上升为纯粹的无欲望的审美主体，以审美之眼观物，便能直观人生和宇宙的本相。这时作为“须臾之物”的“境界”便呈现于吾心而见于外物，诗人又能形诸笔端，这就是有境界的文学。

王国维贬斥“餔餟文学”“文绣文学”，就是因为这种文学的主体依然还是“欲望主体”；他赞赏苏轼、陶渊明等古之君子，有“超世之致，与不可屈之节”(《此君轩记》)，即是人格崇高，摆脱世俗之见，成为“纯粹主体”，而能感知和抒写诗人的境界。

“有境界则自成高格，自有名句”。“格”是传统诗词理论批评的常用术语。“格”本是指标准。引申到诗论中，是指作品风貌达到一定的层次。王昌龄《诗格》提出，“意是格”，“意高则格高”。唐代皎然《诗式》也崇尚“格高”。宋代姜夔《白石道人诗说》提到作诗“意格欲高”。王国维则提出有境界便有高格，当诗人摆脱世俗欲望的挟制，而以明亮的世界眼洞见人生和宇宙的本相，抒写出人类普遍的情怀，这样的作品自然是风格高卓的。五代、北宋词人言情真切坦率，其中如李煜、苏轼等词人因为遭遇了不同程度的挫折，对于人生本相的洞见更为深刻，因此有境界而独绝。

有造境，有写境

有造境，有写境，此“理想”与“写实”二派之所由分。然二者颇难分别，因大诗人所造之境必合乎自然，所写之境亦必邻于理想故也。

〔导读〕“造境”与“写境”之分，或说“理想”与“写实”之别，是王国维“境界”理论的重要组成部分，过去一般论者习惯于将它们视为浪漫主义与现实主义的分别，当然这其中是有一些近似的地方，但是我们更应该注意到王国维提出“造境”和“写境”“理想”和“写实”的特定内涵和思想基础。早在1904年的《红楼梦评论》中，王国维就提出“夫美术之源，出于先天，抑由于经验？此西洋美学上至大之问题也”。的确，亚里士多德的“摹仿”说，强调后天经验，雄霸欧洲美学几千年，而康德则提出“美的艺术就是天才的艺术”，强调的是先天的才能。到底艺术是先天还是后天经验的呢？王国维认为真正的艺术家，对于意志努力要表现出的东西有一种预期，可以代自然说话，表达比自然本身更完美的理想美。

王国维所谓“造境”“理想”，就偏重于先验。在写作态度上，“造境”者多为主观之诗人，而“主观之诗人不必多阅世”，凭借其特殊强烈的想象力，“在事物中并不是看到大自然实际上已构成的东西，而是看到大自然努力要形成的东西”。所谓“写境”和“写实”，是客观之诗人的创造，偏重于后验。客观之诗人需要多阅世，阅世深，材料丰富多样，便能够透过“个象”呈现背后的理念。

王国维又说“二者颇难分别，因大诗人所造之境必合乎自然，所写之境亦必邻于理想故也”，按照一般的理解，即任何侧重于描写理想的艺术，都应该有生活基础，而不全是天马行空的虚幻；任何侧重于描写现实的艺术，都应该有作家的想象创造的加工成分，而不是生活的机械照搬。但联系其理论源头叔本华哲学来看，王国维这里的本意是说，艺术既是先验的，也是后验的，二者有偏重而无偏废。侧重于描写“理想的典型”，但需要经验作为蓝本；侧重于描写“实际的客体”，需要有大才的想象力。

有我之境和无我之境

有有我之境，有无我之境。“泪眼问花花不语，乱红飞过秋千去”①，“可堪孤馆闭春寒，杜鹃声里斜阳暮”②，有我之境也。“采菊东篱下，悠然见南山”③，“寒波澹澹起，白鸟悠悠下”④，无我之境也。有我之境，以我观物，故物皆著我之色彩。无我之境，以物观物，故不知何者为我，何者为物。古人为词，写有我之境者为多。然未始不能写无我之境，此在豪杰之士能自树立耳。

〔注释〕　①“泪眼”二句：出自欧阳修《蝶恋花》。②“可堪”二句：出自秦观《踏莎行》。③“采菊”二句：出自陶渊明《饮酒二十首》(其五)。④“寒波”二句：出自元好问《颍亭留别》。

〔导读〕　“有我之境”和“无我之境”是王国维提出的艺术境界的两大类型，都是审美直观时呈于心头的须臾之物以文字的形式表现出来。审美直观与日常生活经验、科学观察不同。日常生活经验和科学观察，客体对象是为特定时空、因果关系所支配的个别事物，主体也是为意志所支配的个体，是欲望的主体，认识是服务于意志的，所以这种观察是作为个体的我对于个别的事物的关系的观察。

而审美直观不一样，它不把所直观的对象当作个别事物，而是当作该事物全类的理念的认识。人的全部精神能力浸沉于直观中，并使全部意识为宁静地观审恰在眼前的自然对象所充满，不管这对象是风景，是树木，是岩石，是建筑物或其他什么。人们忘记了他的个体，忘记了他的意志。在这种情况下，外物与“我”没有利害关系，“我”可以摆脱一切现实关系的束缚，不是情欲的个体，而是纯粹、无意志的主体，没有丝毫的欲念，对外物作审美的静观，“我”自失于对象之中，让理念通过对象而自然地呈现于吾心。这就是王国维所说的“无我之境”。

所谓的“无我之境”，是指外物“与吾人无利害之关系”，“吾人之心中，无丝毫生活之欲存”，所以主体是无欲望的审美主体，以宁静的心理状态，静观外物，从而心中呈现出人生和宇宙的本相并流诸笔端。从审美类型上说，这属于优美。这种“无我之境”，近乎《庄子·天道》所谓“圣人之心静乎，天地之鉴也，万物之镜也”，天地万物的本相都在诗人静如止水的“心镜”中呈现出来。主体不是情感激切地濡染投射于外物，而是消泯自己的臆见“我执”，“以物观物”，让深层的内理意蕴透过物象本身浮现出来。朱熹说：“放宽心……以物观物，无以己观物。”“以物观物，不可先立己见。”（《朱子语类》卷十一）“以物观物”，就是摒弃成见、偏见，能虚己无颇地如镜照物，让对象（物）完整地、本真地呈现其自身。如果先立己见，从一己的立场和感情需求出发去观物，则外物的真实便被臆见曲解或遮掩了。王国维列举陶渊明《归园田居》其一“采菊东篱下，悠然见南山”等为“无我之境”。陶渊明的这两句诗，苏轼赞曰：“初不用意，而境与意会。”(《东坡志林》卷五)“不用意”三字可以帮助我们理解王国维的“无我”之境。

以我观物，主体还是一个意志主体，还有欲求；又在对自然的观审中意识到自己是无意志的、纯粹的认识主体。在主体心灵中，安宁和欲求形成鲜明的对照，静躁交替，展开争夺。纯粹认识要将意识从欲求中解脱出来，欲求又重新夺走我们的宁静观赏。这就是“有我之境”。意志主体（“我”）并没有完全消失，而是与纯粹观赏相互交替混合。联系王国维《红楼梦评论》《叔本华哲学及其教育学说》等文来看，外物“大不利于吾人，而吾人生活之意志为之破裂，因之意志遁去，而知力得为独立之作用，以深观其物”，物以情观，词人的情感濡染、投射到对于外物的描写中，故而外物皆著我之色彩，所写之境为“有我之境”，为“壮美”。上面所说“常人”具有的“悲欢离合、羁旅行役之感”，诗人能对之进行深观而表现出来，就是“有我之境”。

“泪眼问花”句是伤春，春光的流逝，是人所不能战胜的自然意志，这种意志煎迫着诗人产生伤春之情。若一个人完全陷于伤春而不能自拔，那是不会有诗的。诗人不一样，诗人的认识会避开意志，以纯粹主体观赏乱花飞舞的春景，获得暂时的安宁，而这种安宁，又很快被伤春之情所夺去。诗中之“我”是“泪眼”，主体色彩非常浓厚。“泪眼问花”，主体将自己的情感色彩濡染于“花”。“花不语”，似乎表现出意志主体和纯粹主体之间的抗争。“乱红飞过秋千去”，“花”和“我”一样，也摆脱不了春光流逝的“自然意志”而生命凋零，好像也饱含“我”一样的春恨悻悻而逝，的确是“物皆著我之色彩”。

秦观“可堪孤馆”二句，抒写坎壈失志的人生悲情，也体现出作为生活中人的意志主体，和诗人的纯粹主体之间的冲突，馆之“孤”，春之“寒”，“斜阳暮”和杜鹃之凄切鸣啼，无不濡染着诗人的悲伤失意情怀。

传统诗词多是贫士失职坎壈不平的穷愁之作，像陶渊明那样不为形役，心地超然者，实在不多。故而王国维说：“古人为词，写有我之境者为多。”唯豪杰之士能写“无我之境”。像陶渊明田园诗那样泯灭主体意志，安贫乐道，任运自然，可算得上“豪杰之士”了。

优美与宏壮

无我之境，人唯于静中得之。有我之境，于由动之静时得之。故一优美，一宏壮也。

〔导读〕　这一则分述“有我之境”“无我之境”达到的途径：“无我之境”——“静中”；“有我之境”——“由动之静时”。朱熹在《诗集传序》中说：“人生而静，天之性也；感于物而动，性之欲也。夫既有欲矣，则不能无思；既有思矣，则不能无言；既有言矣，则言之所不能尽，而发于咨嗟咏叹之余者，必有自然之音响节奏，而不能已焉。此诗之所以作也。”乍一看，似乎“无我之境”更易得，出于“天之性”即可，但其实“人惟于静中得之”的“静”，已经是主体经过思虑成为纯粹主体时的状态。而“有我之境”，发生之始“感于物而动”，主体“由强力挣脱了自己的意志及关系而仅仅只委心于认识”，在文学中，这种状态反倒是常见的。简言之，这句话讲述了主体“得”境的心理状态，呈现“无我之境”时，主体心态是静的；呈现“有我之境”时，主体心态表现为“由动之静”的过程。

接下来讲境界的美感特征存在差异，无我之境，是优美；有我之境，是壮美。“无我之境”呈现时，我与物之间、主体的认识与对象之间，不是敌对关系，而是全部意识沉浸于直观，宁静地观赏着对象，是“此时吾心宁静之状态”，故而王国维说“惟于静中得之”；“有我之境”的呈现，是一个直接不利于意志的对象转变成为纯粹观赏的客体，因此主体的认识，需要不断避开意志，超然于意志所关心的利害之上，这种避开意志，超然于敌对关系之上，而达到纯粹无意志的主体宁静，就是王国维所说的“由动之静”。但是，需要提醒的是，作为主体，其实是一个时刻处于“运动”中的主体，我们不能完全割裂开“动”与“静”。

王国维的“优美”“宏壮”是从哲学角度生发的，而非词评中“婉约”“豪放”的替代语。以前一则中“泪眼问花花不语”为例，“有我之境”，宏壮也，但属于“婉约词”，是一种内在的力量“宏壮”，如歌剧《蝴蝶夫人》中的女主人公，纤小的身躯底下是巨大的爆发力。

写实与理想

自然中之物互相关系，互相限制。然其写之于文学及美术中也，必遗其关系限制之处。故虽写实家亦理想家也。又虽如何虚构之境，其材料必求之于自然，而其构造亦必从自然之法律。故虽理想家亦写实家也。

〔导读〕　这一则与前面第二则论“理想”和“写实”是密切相关的，是第二则所论的延续。所谓“理想家”，是偏重于先验的作家，所谓“写实家”是偏重于后验的作家。“理想家”是主观之诗人，“写实家”是客观之诗人。

实际生活，就像王国维所说，“自然中之物，互相关系，互相限制”，存在“人物性格缺少统一性，人物性格的自相矛盾，或是性格根本和人的本质矛盾，以及情节上的不可能，或近乎不可能的不近情理”等等情况，这是无法进入艺术的。因此文学家应该“遗其关系、限制之处”，创造出生活中本不具有的“关键性的情境”，“使人物所有一切特性都能施展出来，人类心灵的深处都能揭露出来而在非常的、充满意义的情节中变为看得见的东西”。这就是王国维所谓“写实家亦理想家”的意思。另外，当一个事物呈现在作品中时，必然经过作者的涵泳，已经打上带有作者独特风格的烙印。比如前面所举“采菊东篱下，悠然见南山”，这是“写境”，可同样映射着大诗人陶渊明“此中有真意”的理想人格。当对象进入到文学作品中，它就先天地获得了一种超然于现实关系的地位，那么“写实”与“理想”的分辨就更为精微了。

所谓的“理想家”“主观之诗人”则略有不同，他们更多地依靠先天的特殊想象能力，能够在激动的那一瞬间对自己的情况有一种生动的直观，且能够表达人类普遍的、永久的、共同的情感。但这种表达，并非是抽象的、天马行空的、虚妄的，正如叔本华所说：“诗人究竟也是一般的人；一切，凡是曾经激动过人心的东西，凡是人性在任何一种情况中发泄出来的东西，凡是待在人的心胸中某个角落的东西，在那儿孕育着的东西，都是诗人的主题和材料；此外还有其余的整个大自然也是诗人的题材。”这里诗人在表达他的理想、表达他的生动的直观时，依然要依据自然和生活中的材料。这就是王国维所说的“理想家亦写实家”。

总之，王国维所谓的“理想”和“写实”之分，还是本源于叔本华哲学，分别是对文艺中存在的偏重于先天的虚构想象和偏重于后天的逼真、忠实的概括。但是一切文艺，既不是仅仅匍匐于生活真实之中，又不是完全脱离现实的虚幻，而是既合乎自然，又邻于理想。不过是在“理想”与“写实”之间有所侧重而已，并不互相排斥。

感情亦境界

境非独谓景物也。喜怒哀乐，亦人心中之一境界。故能写真景物、真感情者，谓之有境界。否则谓之无境界。

〔导读〕　要理解《人间词话》此则所谓“境非独谓景物也。喜怒哀乐，亦人心中之一境界”，不妨先看王国维《文学小言》中的一段话：

文学中有二原质焉：曰景，曰情。前者以描写自然及人生之事实为主，后者则吾人对此种事实之精神的态度也。故前者客观的，后者主观的也；前者知识的，后者感情的也。

接着又说：“激烈之情感，亦得为直观之物件、文学之材料。”这句话与“喜怒哀乐，亦人心中之一境界”意思完全一样。即，诗词创作时，作家审美直观的对象，有时是物，有时是“我”。前面第三则所谓“以我观物”“以物观物”，都是“观物”，以外在景物为描写对象，虽然“一切景语皆情语”，所写景物濡染着诗人情思，但审美观照的是外物。这里所说的是“观我”，是审美主体对自我精神世界的直观。署名樊志厚的《人间词乙稿序》说：

原夫文学之所以有意境者，以其能观也。出于“观我”

者，意余于境；而出于“观物”者，境多于意。然非“物”无以见“我”，而“观我”之时，又自有“我”在。

这段话值得提出来作为参照。这里明确地将文学家的直观分为两种类型，即“观物”和“观我”，虽然“物”“我”难以明确分开，但是这两种不同的直观还是存在分别的。中国传统文论一般注重于“观物”，如刘勰《文心雕龙·诠赋》所谓“情以物兴”“物以情观”，传统文论的“物感”说，都是偏重于“观物”。而对于“观我”，除了佛学唯识宗有过深刻的认识外，尚没有成为文学理论的重要问题。王国维这里提出“观我”，即把“喜怒哀乐”等情感作为直观的对象，进行审美观照，呈现于境界之中。这是对传统诗词理论的新发展、新贡献，值得详加注意。

其实就创作来说，古代诗词中不具有情景交融的特征，而专门以感情作为表现对象的作品是大量存在的，如陈子昂的《登幽州台歌》、《人间词话未刊手稿》列举的牛峤“甘作一生拼，尽君今日欢”(《菩萨蛮》)、顾琼的“换我心为你心，始知相忆深”(《诉衷情》)、欧阳修的“衣带渐宽终不悔，为伊消得人憔悴”(《蝶恋花》)、周邦彦的“许多烦恼，只为当时，一晌留情”(《庆春宫》)，都是“专作情语而绝妙者”，直接以词人自己的情感作为直观对象，即是“观我”。不惟在理论上王国维注意“观我”，即在自己的创作上也如是。比如他曾说《人间词乙稿》“颇于此方面有开拓之功”，如《浣溪沙·掩卷平生》：

掩卷平生有百端，饱更忧患转冥顽。偶听鹈鴂怨春残。　坐觉亡何销白日，更缘随例弄丹铅。闲愁无分况清欢。这就不是“情景交融”的作品，而是对自己感情的直观，是“观我”之作。此外像“人间孤愤最难平”(《虞美人·杜鹃千里》)、“拼取一生肠断，消他几度回眸”(《清平乐·垂杨小院》)之类的“观我”词句，就更多了。

王国维《浣溪沙》词中两句：“偶开天眼觑红尘，可怜身是眼中人。”非常形象而贴切地描述了“观我”的情况。所谓“天眼”，即在进行观照这一活动的纯粹主体；所谓“身”，即是被观照的自己；“眼中人”，即自己进入自己的视野，成为审美观照的对象，成为诗词中的境界。王国维有诗云：“静中观我原无碍，忙里哦诗却易成。”(《五月二十三夜出阊门驱车至觅渡桥》)“静中观我”，是与“以我观物”“以物观物”不同的第三种审美直观方式，是直接将喜怒哀乐的心中之境，呈现于心，表现于诗词之中。

不论是“观物”之写景物，还是“观我”之写感情，王国维都强调一个“真”字。所以他接下来就说：“故能写真景物真感情者，谓之有境界。”将“真”和他大力标举的“境界”相联系。“真”，就写景来说，不仅是描摹物态，曲尽人情，还致力传出神理，达到对物象背后的“理念”的直观呈现；就写情来说，不仅抒写一己一时的感情，而且追求“以人类感情为其一己之感情”(《苕华词又序》)。“真”，是“境界”之有无的关键。

早期的歌谣和《诗经》中的篇章，“皆以描写自己之感情为主”，所描写的，只是人生之主观方面，因此有的就不能用“情景交融”的意境来解释，难道说这些早期的诗歌就没有境界吗？很显然，王国维这里所谓“真景物、真感情者，谓之有境界。否则谓之无境界”，其关键不在景物与感情的交融，而在一个“真”字。“真”意味着作者即时性的生命意志与内在情感在作品中得到展露，而“真”恰恰与“修辞立其诚”是一脉相承的。

王国维《人间词话》富有创新性理论内容，虽然多是源于康德、叔本华哲学美学思想，但是能创造性地运用到中国诗词阐释中，提出诸多富有理论洞识的范畴和命题，故而引起后人的兴味，令读者流连忘返。

过去论者在阐释王国维《人间词话》的“境界”说时，多引用“写真景物、真感情者，谓之有境界”一句，将“境界”解释为“情景交融”。“情景交融”是传统诗词理论的重要内容，传统诗词理论中的“意境”说，需要情景融汇，含蓄不尽。但是以传统的“意境”论偷换王国维“境界”说，虽然理解起来较为轻松，然却是以丧失王国维“境界”说内涵的独特性为代价的，这等于是以老眼光看待新问题，漠视了王国维“境界”说的理论创造性。虽然王国维的“境界”说并不排斥传统的“意境”说，特别是有时他也径直称之为“意境”，但是“境界”说的特定理论内涵，“意境”说不可替代。这是我们必须要加以注意的。

着一字而境界出

“红杏枝头春意闹”[①]，着一“闹”字而境界全出；“云破月来花弄影”[②]，着一“弄”字而境界全出矣。

〔注释〕　①“红杏”句，出自宋祁《玉楼春》。②“云破”句，出自张先《天仙子》。

〔导读〕　宋祁《玉楼春》词传递出一种喜气洋洋的和乐质感，上片写春光烂漫的景色。前一句“绿杨烟外晓寒轻”，轻烟弥漫、绿杨扶疏，构成一道盛春场景。此句在这场景中特写枝头的红杏，花团锦簇，似乎有意在竞相开放，展现盎然的生机，浓郁的春意。前句是静态，此句是动态；“绿杨”和“红杏”，“晓寒轻”和“春意闹”，在色调和气氛上错落变化而又和谐相融。“轻”字一出，柳眼初睁的那种懒洋洋的意态，烟雾的迷离朦胧，都写出来了，而这种体验是对新生命的呵护与期盼，是屏住呼吸的“收势”。接下来写“红杏枝头”落笔一放，一个“闹”字赋予整个图画以生气，赋予各个物象以精神，这里的“闹”是生命中最好的年华的呈现，是“白日放歌须纵酒”的酣畅。难怪王国维说：“着一

‘闹’字而境界全出。”这个“闹”字不是自然物象的客观描写，而是词人走出东城，置身于盛丽春光中刹那间的眼前一亮，心头一颤，是物我相得之瞬间的审美直觉。或许，“闹”字就是这样跳到了词人眼前，抑或许，他也曾如王荆公那般推敲锤炼后得一“绿”字般，没有笔记小说的记载，后人原难以推想。钱钟书《通感》曾说这个“闹”字“把事的无声的姿态说成好像有声音的波动，仿佛在视觉里获得了听觉的感受”。“闹”字与前句尾“轻”字平仄相对，响亮而新隽，警动传神，具有出人意表的审美效果。

张先颇以自己的“云破月来花弄影”“娇柔懒起，帘压卷花影”“柳径无人，堕风絮无影”自许，因号“张三影”。“云破月来花弄影”，出自《天仙子》。这是一首伤春之作，幽寂的月夜下，“沙上并禽池上瞑，云破月来花弄影”。这样写，将静物动态化，赋予无情之物以有情意绪，“弄”字有意作态，花仿佛如同美人一般，在顾影自怜，在对影自照，“弄”字轻吐，是一种缓劲巧力，是一种小意爱怜，恰称花朵的娇柔。

王国维说，着“闹”“弄”字，而境界全出，意即通过此二字，诗人将纯粹观物时，在审美直观中呈现出来的自然力、自然生命力直观地传达出来了。正是这传神的两个动词，使“呈于吾心而见于外物”的瞬间的境界成为永恒。从这个意义上说，文字是有灵的。

境有大小

境略有大小，不以是而分优劣。“细雨鱼儿出，微风燕子斜”①，何遽不若“落日照大旗，马鸣风萧萧”②？“宝帘闲挂小银钩”③，何遽不若“雾失楼台，月迷津渡”④也？

〔注释〕 ①“细雨”二句出自杜甫《水槛遣心二首》(其一)。②“落日”二句出自杜甫《后出塞五首》(其二)。③“宝帘”句出自秦观《浣溪沙》。④“雾失”二句出自秦观《踏莎行》。

〔导读〕 这一则又是从另外一个维度在对“境界”作阐述。从王国维所举的例子来看，境界有大小之分，是指诗词中所描写的具体意象、场面、氛围有大小之别。如“细雨”“微风”“鱼儿”“燕子”都是轻小的意象，“出”和“斜”，都是强度不剧烈的行动；而“落日”“大旗”“马鸣”“风萧萧”，意象壮阔，富有力度。在王国维的“境界”论中，主体能否成为纯粹主体，能否摆脱欲望的挟制而进入审美直观，能否通过个像而呈现出宇宙人生的本相，是“境界”的关键。因此“境界”之有无和优劣，并不受外物决定，而是由主体的精神和心态决定的，因而不以“大小”来分优劣。“境界”之高下，决定于“我”的主体之高下。

“‘宝帘闲挂小银钩’，何遽不若‘雾失楼台，月迷津渡’也”，选用秦观的两句词，表示词中之境，无论大小，都可以有境界。从这两个例子，也可明显看出，王国维只是单纯地从描述对象的“大小”来区分的。两个反问内选用对比的是同一作者在不同情况下的句子，比选用两人更为合适。这个世界固有惊涛拍岸之磅礴，也有一花一世界的“纳须弥于介子”，相对来说，词这种“要眇宜修”的文体更适合描写细微之处心灵的悸动、浸润与圆融。“宝帘闲挂小银钩”，这首词原本就是在传达一种生命体验中的“无赖”之感，可偏偏人世中这样的生存状态片段是极多的，心中略有烦闷，但并没有与外力形成巨大的紧张关系，因此是一种“无端”，是一种“漠漠”，是“轻似梦”，是“细如愁”。“小银钩”，如此精致的物象，末句定格，收束全篇。这首词里“淡烟流水”和“雾失楼台，月迷津渡”的那种迷离感是相似的，只不过前者是“画屏”中之景，后者更有一种象征意味。

此则中列举“境”大和“境”小，分别有诗有词，但是在《人间词话未刊手稿》中，他又说：“词之为体，要眇宜修，能言诗之所不能言，而不能尽言诗歌之所能言。诗之境阔，词之言长。”“要眇宜修”，本是形容女子容质美丽又善于修饰，这里借来说明词宜温婉美丽，静如淑女。而诗歌则可以如关东大汉，气宇轩昂。所以在境界上，“诗之境阔”，言外之意是说，相对诗来说，词之境窄小。当然词有词的长处，那就是词之“言长”。

境界为探本之论

严沧浪《诗话》谓[①]："盛唐诸公唯在兴趣，羚羊挂角，无迹可求。故其妙处，透澈玲珑，不可凑泊[②]，如空中之音，相中之色，水中之影，镜中之象，言有尽而意无穷。"余谓北宋以前之词亦复如是。然沧浪所谓"兴趣"，阮亭所谓"神韵"[③]，犹不过道其面目，不若鄙人拈出"境界"二字为探其本也。

〔注释〕　① 严沧浪：即严羽（1192？—1245？），字仪卿，号沧浪逋客，邵武（今属福建）人。著《沧浪诗话》，论诗标举盛唐，重兴趣、妙悟，影响颇巨。② 凑泊：胶着、粘着。③ 阮亭：即王士祯（1634—1711），原名士禛，字子真、贻上，号阮亭，又号渔洋山人，新城（今山东桓台）人。论诗标举"神韵"，在康熙年间诗坛上有较大影响。

〔导读〕　《人间词话未刊手稿》第14则说："言气质，言格律，言神韵，不如言境界。有境界，为本也。气质、格律、神韵，末也。有境界而三者随之矣。"与此则意思是相通的。这一则中先引用了严羽《沧浪诗话》中的核心主旨

“兴趣”说，然后说“余谓北宋以前之词亦复如是”，可见在这里王国维认为用“兴趣”来评价北宋及北宋之前的词中佳作都是可以的。何为“兴趣”？严羽借禅喻诗，在《沧浪诗话》提出这一诗歌美学范畴，意即诗歌情意表达得不质实，不径直，而应该情景交融，含蓄蕴藉，言外有韵味，令读者咀而自得，他标举“言有尽而意无穷”。后世有论者说严羽“兴趣”说偏尚王维、孟浩然一派。这里王国维说“北宋以前之词亦复如是”，就是说“兴趣”说崇尚的清空隐约、含蓄蕴藉美，正是王、孟诗，北宋及以前词的审美特征。

“语已多，情未了”，是从南唐后蜀一直到北宋的延续，其实，北宋最早的画家和词人大都来自这两地，所以王国维往往是并在一起说的。

王士祯的“神韵”，与严羽的“兴趣”有着一脉相承的关系，是对王维、孟浩然等诗歌审美特征的提炼。他提倡创作“兴会神到”，更偏重于自然风韵，排斥雄健豪迈之作。

王国维认为“兴趣”“神韵”，“不过道其面目”，比不上“境界”涵盖深广。可惜人们在理解“境界”时，习惯于用传统的“意境”论偷换王国维“境界”说的特殊内涵，因此常会认为“兴趣”“神韵”和“境界”之间不分轩轾，差别很难说得圆通。

其实，联系王国维的其他美学文章来看，“兴趣”“神韵”和“境界”是不同层面的美。“境界”是从主体认识和客体对象之间的关系立论的，纯粹主体对世界本相的直观是“优美”；在与主体有利害关系的客体面前，观者由“欲望主体”提升为“纯粹主体”而对世界本相的直观，则是“壮美”。“壮美”和“优美”是“境界”的两种类型，反映的是主客体之间的关系，王国维称之为“第一形式”，也即是《清真先生遗事尚论三》所谓“境界之呈于吾心而见于外物者，皆须臾之物”。而“兴趣”“神韵”是什么呢？王国维《古雅之在美学上之位置》说：“凡吾人所加于雕刻书画之品评，曰‘神’，曰‘韵’，曰‘气’，曰‘味’，皆就第二形式言之者多，而就第一形式言之者少。”也就是说“兴趣”“神韵”之类范畴，很少触及观物时的主客关系，不是“第一形式”，而是“第二形式”。什么是“第二形式”呢？王国维《清真先生遗事尚论三》说：“唯诗人能以此须臾之物，镌诸不朽之文字，使读者自得之”。“第一形式”的优美感和壮美感，只是“心感之美”，是心头的“须臾之物”，转瞬之间便会消逝；而诗人则可以用恰当的意象形式通过文字将这种“须臾之物”表现出来，这就是“第二形式”，王国维称之为“古雅”，是“形式之美之形式之美”，第一个“形式之美”，是“呈于吾心”的境界美，但若没有第二形式，就仅仅是“须臾之物”；第二个“形式之美”，是境界的艺术表现，“兴趣”“神韵”都是关于“境界”的艺术表现的，而不是“境界”本身，所以是“道其面目”，唯“境界”才“探其本”。这条可以看作王国维对自己“境界”说的一个总结，回顾前九则可以发现王国维虽然是在论词时提出“境界”说，可他所举之例并不限于词，而是在诗词大的范围内立说的。之后的各则就偏重于对词作本身进行品评了。

太白以气象胜

太白纯以气象胜。“西风残照，汉家陵阙”①，寥寥八字，遂关千古登临之口。后世唯范文正之《渔家傲》②、夏英公之《喜迁莺》③，差足继武④，然气象已不逮矣。

〔注释〕 ①“西风残照”二句，出自传为李白作的《忆秦娥》。② 范文正，即范仲淹（989—1052），字希文，苏州吴县（今属江苏）人。他是北宋政治革新派的领袖，曾任陕西经略安抚副使兼知延州（今延安），抵抗西夏元昊侵略。有《范文正公集》传世。《渔家傲》是范仲淹戍边时所作。③ 夏英公，即夏竦（984—1050），字子乔，江州德安（今属江西）人，官枢密使，后进封英国公。其《夏文庄集》后世有辑本。④ 武，足迹。继武，谓继续前人的事业。这里的意思是几可相并而论。

〔导读〕 “太白纯以气象胜”，这里着重是说词中的太白。“气象”是宋人论诗的一个重要范畴，如严羽《沧浪诗话》标举“诗之法有五”，其中之一为“气象”；又论建安诗歌说：“建安之作，全在气象。”严羽还提出“盛唐人气象”。

气象，一般是指建立在诗人豪迈恢宏、高拔超远的主体胸襟基础上的雄浑深厚的作品风格，在审美风格上属于壮美，因此以之论词者较少。

这首《忆秦娥》，是否真为太白之作姑且不谈，关于其主旨，有的认为是"闺怨"，如沈际飞说："太白《忆秦娥》词，故是闺房之秀。"（《草堂诗余正集》卷一）有的解释为吊古，如周珽说："由伤别寄情吊古。"（《删补唐诗选脉笺释会通评林》）有人看出是在闺怨中寓感慨，如俞陛云说："此词自抒积感，借闺怨以写之。"（《唐五代两宋词选释》）王国维说："寥寥八字，遂关千古登临之口。"实际上对此词是别有会心的。这首词上片的意旨落在"灞陵伤别"，下片的意旨落在"西风残照，汉家陵阙"，主旨得到进一步的升华，由个人的"伤别"提升到对整个人类历史悲剧性的沉思。国势强盛、疆域辽阔之大汉，是初盛唐人们心目中的理想帝国。然而这首词却能够穿透表面的浮华，揭示出人类历史的本相：人类，与个人一样，摆脱不了"意志"的无限巨手，在时间的沧海中最终都归于虚无寂灭。在王国维的文学思想中，透过表象而直观地呈现世界之本相，让被现象蒙蔽了的真理敞开，是文学艺术的最高目的。这种对真理的直观，要远高于聊寓一己穷愁的怀古，故而王国维说："寥寥八字，遂关千古登临之口。"

这首词的风格，后人常称曰"慷慨沉雄""声情悲壮"，这就是王国维所谓"纯以气象胜"。

之后，王国维又举了两首同时期的宋词，表示在"气象”上与前则“差足继武”。宋仁宗康定元年（1040），西夏犯境，侵扰中原，范仲淹被授予陕西经略副使（边防军事的副长官）兼知延州（今延安），有过长达四年的边防艰苦生活。《渔家傲》（塞上秋来风景异），就是这时期的作品。与当时朝中晏殊等词人歌儿舞女、浅斟低唱不同，范仲淹将塞外疆场的苍茫辽阔景象带入词中，扩大了词的意境。然就这首《渔家傲》来说，“羌管悠悠霜满地，人不寐，将军白发征夫泪”云云，还是局限于抒发“羁旅行役之感”，还是常人之境界，唯诗人写之而已，当时欧阳修就呼此词为“穷塞主之词”，王国维也认为，从词人主体精神境界和词作本身的境界而言，有气象，然尚不足以和李白《忆秦娥》媲美，因为“西风残照”已经上升到宇宙人生的观照中，脱离了“小我”，走向了“大我”。

夏英公，即夏竦，在《宋史》中的评价甚为负面：“材术过人，急于进取，喜交结，任数术，倾侧反覆，世以为奸邪。”他官至宰相，也因文获宠，但与晏殊这位词人宰相不同，传世佳作不多。这首《喜迁莺》，是在真宗景德年间应制即兴而作的。作为一首应制词，的确当在词史上留一笔。元代吴师道《吴礼部词话》中说，“姚子敬尝手选《古今乐府》一帙，以夏英公竦《喜迁莺》宫词为冠”，又称其“富艳精工”。“夜凉银汉截天流”的清壮，“三千珠翠拥宸游”的宏放，一派皇家气象，在温婉一片的柔声腻语中，的确卓荦特立，无怪乎“上大悦”。然而从思想意旨看，这首词又在李白、范仲淹之下。

温庭筠词不及冯延巳

张皋文谓飞卿之词“深美闳约”①，余谓此四字唯冯正中足以当之②。刘融斋谓“飞卿精艳绝人”③，差近之耳。

〔注释〕 ① 张皋文，即张惠言（1761—1802），字皋文，武进（今江苏常州）人。他是常州词派的开创者。飞卿，温庭筠字。温庭筠（812？—866？），太原人。辞章小赋与李商隐齐名，时称“温李”。② 冯正中，即冯延巳（903—960），字正中，广陵（今江苏扬州）人。在南唐李璟朝官谏议大夫、翰林学士承旨等，为南唐著名词人。③ 刘融斋，即刘熙载（1813—1881），字伯简，号融斋，晚号寤崖子，江苏兴化人。官至广东提学使。著有《艺概》，评论文、诗、赋、词、书法和八股文，是晚清重要的文艺理论批评家。

〔导读〕 与“精艳绝人”相比，“深美闳约”的角度和涵盖面要全得多。什么叫“深美闳约”？情感寄托得很深邃，是“深美”；简洁的言辞中蕴涵无穷的意味，是“闳约”。而“精艳绝人”中，不过是注重了“艳”而已，“艳”是偏向于设色的范畴，“词为艳科”，红情绿意，在在多有，却当不得第一流的词。比之一般“艳”词，“精艳”或可拆为“富艳精工”来理解。所以，这里王国维将“深美闳约”这个评价给了冯正中，这位他心目中的最擅作词者，而评价温飞卿则用了“惊艳绝人”，明显在王国维心目中，温不如冯远甚。

张皋文即清代常州词派的创立者张惠言，他论词主张很鲜明，重在比兴寄托。曾编过一部《词选》，与朱彝尊《词综》推重南宋词人不同，张惠言《词选》的重心在唐五代和北宋，这倒是和王国维论词正相符。选词最多的是温庭筠，凡十八首，秦观十首，李煜七首，分列二、三位。但是张惠言将温庭筠置于李煜之上，是同样崇尚唐五代北宋词的王国维所不能接受的。王国维虽然对唐五代北宋词颇多称赞，但是在他心目中，还是将李白、冯延巳、李璟、李煜等词人与以温庭筠为代表的“花间”词人分别对待的。对于“花间”词人，王国维颇有微词。温庭筠的词，善于铺排描绘，用浓墨重彩作富丽精工的刻画。细腻秾艳，富于装饰性，是他词的主要特征，可以说是“以赋为词”。王国维同意刘熙载用“精艳绝人”来形容温词。“艳”是用浓厚的色彩意象，词人所写多为贵妇人生活；“精”是刻画得精工细腻。温庭筠的词善于渲染烘托一种氛围，但情感是不明朗的，只是一种意绪的浮现。因此他的词风谈不上“深美闳约”。之所以张惠言称赞温词“深美闳约”，是因为张惠言带着“探幽索隐”的眼镜，发掘了温词的“微言大义”。如温庭筠《菩萨蛮》（小山重叠金明灭）一词，词中笼罩着贵妇人慵懒惆怅的意绪，但是到底是什么情感？并不明晰。张惠言却径直解释说："此感士不遇也。'照花'四句，《离骚》'初服'之意。"如此追索词中的比兴寄托，当然称得上"深美闳约"了。但却不免捕风捉影、牵强附会。王国维就批评张惠言的解释，说："兴到之作，有何命意？皆被皋文深文罗织。"

晚唐时代，若用一种颜色来比拟，那就是"冷红"，那红是大唐盛世燃烧过后余下的香烬，带着繁彩错金的绮罗冷滑的触感。而到了南唐，这个延续着晚唐并以唐宗室自许的朝代，偏安一隅，繁华是李后主的"凤阁龙楼连霄汉"。长江代替了曲江，水的质感浸润着词人的心肺。"几曾识干戈"的安定，让南唐词人的词中即便是情也是"谁道闲情"，这是一种内省式的思绪。中主、后主、冯延巳（字正中）在词作中都透出这样的消息。王国维把"深美闳约"的美誉转给了冯延巳。冯延巳词多借男女之情，抒写身世之感；不像温庭筠词那么浓艳，而是多采用白描手法，融情于景，清新疏淡，含蓄蕴藉，意余言外。结合时代的背景去看，南唐虽说富足，但一直处在与北方宋的对峙中，其他的政权也在虎视眈眈，这种身处强敌环伺的状态对于士大夫来说，必然是潜意识中就意识到的，也因此他们在词作中情不自禁流露一种对命运的无奈之感，而这种感觉是微妙的，后世人虽然未见得也有国家兴亡之叹，但这种微妙的感觉，闲愁意绪却让人异代同悲。

温、韦、冯之词品

"画屏金鹧鸪"[①]，飞卿语也，其词品似之。"弦上黄莺语"，端己语也[②]，其词品亦似之。正中词品，若欲于其词句中求之，则"和泪试严妆"殆近之欤[③]！

〔注释〕 ① 画屏金鹧鸪：温庭筠《更漏子》词句。② 端己：即韦庄（836？—910），字端己，京兆万年（今属陕西西安）人。"弦上"句出韦庄《菩萨蛮》。③ 和泪试严妆：冯延巳《菩萨蛮》词句。

〔导读〕 这一则用摘句批评的方式，非常有趣，也很贴切，足可见古人在品评之时绝不是正襟危坐的，而很有可能是拈花一笑，悟便悟了"且吃茶"。比较温庭筠、韦庄和冯延巳三人词风的差异，用他们自己的词句。温庭筠是"花间鼻祖"（王士祯《花草蒙拾》），其词的风貌，用"画屏金鹧鸪"来形容，的确很恰当。温词除少数如《梦江南》"梳洗罢，独倚望江楼。过尽千帆皆不是，斜晖脉脉水悠悠。肠断白苹洲"，真率自然外，基本风格是浓艳精工，镂玉雕琼，裁花剪叶。温词中少有自然意象，写的多是居室如何华贵，穿戴如何盛丽，妆饰如何娇艳。温词的意象在光色质地上富有装饰性，直接作用于人的感官，而且是富丽堂皇、珠光宝气，令人应接不暇，如“水晶帘里玻璃枕，暖香惹梦鸳鸯锦”；“蕊黄无限当山额，宿妆隐笑纱窗隔”；“翠翘金缕双㶉鶒，水纹细起春池碧”；“宝函钿雀金㶉鶒，沉香阁上吴山碧”，等等，似乎将人带入了珠光宝气的世界，满眼富贵气，可缺少自然生气。金鹧鸪、金凤凰、金缕、玉楼、翠钿、鸾镜等，可谓金玉满堂，俯首可拾。所以王国维用温庭筠自己的《更漏子》词中“画屏金鹧鸪”句来形容，是少有异议的。

韦庄因为在晚唐前蜀的乱世中饱经流离漂泊之苦，其词更注重抒写现实感慨，甚至直抒胸臆，袒露心境。他的词，多用白描，更为简洁素淡，疏朗雅洁。周济《介存斋论词杂著》评韦庄词：“清艳绝伦，初日芙蓉春月柳，使人想见风度。”又说温庭筠是“严妆”，韦庄是“淡妆”。王国维跋《唐五代二十一家词辑》比较温、韦说：

端己词情深语秀，虽规模不及后主、正中，要在飞卿之上，观昔人颜、谢优劣论，可知矣。

钟嵘《诗品》载汤惠休比较谢灵运、颜延之说：“谢诗如芙蓉出水，颜如错彩镂金。”王国维借用“颜谢优劣论”来比拟温韦之异，是很恰当的。

“弦上黄莺语”是韦庄《菩萨蛮》（五首其一）的句子，原词写的是当筵听人弹奏琵琶曲时，勾起对当年离别情景的回忆，触动思乡的愁绪。“弦上黄莺语”，是形容琵琶声摹出春天的物象，似乎黄莺在鸣叫，“劝我早归家”。然王国维在这里引出这一句，揣其意，是用“黄莺语”与“金鹧鸪”相对比。“金鹧鸪”完全是静物装饰，是死物；而“黄莺语”，是自然活泼的，富有生命感，也寄寓着情思，因此用“黄莺语”来形容韦庄的词“情深语秀”、朗润淡远的风格。

前两句，王国维摘用词都比较笃定，但摘冯延巳《菩萨蛮》中“和泪试严妆”一句来形容其词品时，就用了相对不那么肯定的语气。其实他是着眼于冯延巳词的抒情性特征的。徐《词苑丛谈》曰：“冯氏之词，典雅丰容，虽置在古乐府可以无愧。”所以王国维摘用的这句中有“严妆”之语，还是比较准确的。

“和泪”从何说起？冯延巳在南唐李璟朝中虽然地位较高，但在朋党倾轧的政治环境中遭遇排斥，特别是在岌岌可危的国运里，他心境落寞，抑郁悲伤，他的词也染上了哀婉凝重的感伤气氛。特别是其中一些词抒写的意绪，已经超越一己之悲，而蕴涵着对人生悲剧性的深刻感悟，如《采桑子》“旧愁新恨知多少”“肯信韶华得几时”“年光往事如流水，休说情迷”“昔年无限伤心事，依旧东风”等句，这是符合王国维的美学思想的。冯词中的惆怅、闲愁，是对己的“自照”，而温飞卿的愁思，是“照花前后镜”的他者之照。对己自照，就会去体会生命中的忧愁，这种愁是本质存在的。叔本华认为意志的支配最终只能导致虚无和痛苦，而生命的虚无性在冯词中就是可以体会到的，“为问新愁，何事年年有？”故而在温、韦、冯三者中，王国维对冯延巳最为推重。

南唐中主词

南唐中主词“菡萏香销翠叶残，西风愁起绿波间”①，大有“众芳芜秽”“美人迟暮”之感。乃古今独赏其“细雨梦回鸡塞远，小楼吹彻玉笙寒”，故知解人正不易得。

〔注释〕　① 南唐中主：即李璟（916—961），字伯玉，徐州人。升元七年（943）年 28 岁嗣南唐帝位，世称中主，然无经世才能，国势日危，无力振作。词作哀婉感伤。宋人辑《南唐二主词》，录其词三调四首。“菡萏”二句和“细雨”二句均出自李璟《山花子》。

〔导读〕　这一则是关于南唐中主李璟《山花子》秀句的评论。

“菡萏香销翠叶残，西风愁起绿波间”，通过具体的意象——荷花香销，荷叶枯残，来引出下一句“还与韶光共憔悴，不堪看”，佳人与春光一起老去，揭示了一切物事包括有生命的荷，有意识的人，佳人和菡萏，美好的一切，都走不出“时间律”，都摆脱不了时空的大限，在时间的长河中都会归于虚无。这从叔本华意志哲学看，就是宇宙的本相，也就是王国维所谓的“真理”。王国维认为艺术是对真理的直观，认为真正的大诗人是“以人类感情为其一己之感情”，“菡萏香销”等句，与屈原《离骚》所谓“虽萎绝其亦何伤兮，哀众芳之芜秽”，所谓“日月忽其不淹兮，春与秋其代序。唯草木之零落兮，恐美人之迟暮”等等一样，揭示的正是人类的永恒的感情，呈现的是宇宙人生的本相。而再联系屈原“香草美人”的象征意义、王国维所处的时代环境，他对这句话的推重也不难理解。王国维一生信奉那个日薄西山的政权，作“帝师”是他的理想，“紫禁城内骑马”的恩诏是他毕生难以忘怀的荣耀，对于王国维，看到“菡萏香销翠叶残，西风愁起绿波间”产生的感慨兴寄，自然比一般人多。

李璟的《山花子》，句面看来就是抒写闺妇怀远的孤寂惆怅意绪。下片之“细雨梦回”二句，是简笔勾描思妇的意态。鸡塞，不必坐实，代指贵妇所怀之人远游之地，意义落在“远”上。春雨空濛，闺妇慵懒无聊，打个盹儿，在梦中还与怀人在一起，一醒来回到现实中，依然是天涯相隔，于是吹笙来排遣愁绪。一个“彻”字有力度，把乐曲吹到了尾声，好像心中惆怅还是回环不尽，没能排遣得了。笙乐凄清呜咽，故而听起来似乎有浸入肌骨的“寒”气，同时这“寒”也传达出吹者当时的心绪。唐诗中“可怜无定河边骨，犹是春闺梦里人”的结构与这两句有点相似，但唐诗中的“可怜”“犹是”将内在的逻辑关系挑明了，实景定格在“河边骨”，“闺中人”则是虚境。而词里面相对跳跃，隐去了逻辑，草蛇灰线，依然脉络可寻，而这个镜头是定格在春闺中的，“鸡塞”是虚境。“细雨梦回”二句妙于摹态传神，“远”“寒”二字音韵错落和谐，“彻”“寒”二字点染出凄清孤寂的情绪，王世贞《艺苑卮言》称之为“词林本色”。

文学鉴赏是“趣味无争辩”，各有会心，便能各得其妙。但是相比而言，“细雨梦回”二句，是善于点染，营造一种凄凉的氛围而让读者去领会神情，这是温庭筠、韦庄等早期文人词的正格，而“问君能有几多愁，恰似一江春水向东流”，以春水喻愁，的确很灵妙，情感抒发得更为袒露直率，两者之间的差异是显然的，自然引起后人的偏爱。

王国维对“菡萏香销”和“细雨梦回”的高下之分，有他自己的独特认识。王国维不仅仅把文学视为抒情之物，特别是仅仅局限于抒写一己之穷愁悲欢，在他心目中不过是一般的诗人。王国维《清真先生遗事尚论三》说：“若夫悲欢离合、羁旅行役之感，常人皆能感之，而唯诗人能写之。”“悲欢离合、羁旅行役之感”，只是常人的普通情感，这样的诗句也只是普通的诗句，在他眼里，“细雨梦回鸡塞远，小楼吹彻玉笙寒”应该属于这一类型。

因王国维特意用了“解人之不易得”的话头，他以后的词评家对“菡萏香销”句极为重视，深恐不能作“解人”，但其实“一千个人眼中有一千个哈姆雷特”，谭献也说“作者之用心未必然，而读者之用心何必不然”，因为王国维的推重，我们对“菡萏香销”有了更全面更精微的理解，但对历代词评家重视的“细雨梦回”也同样要深会于心。

句秀、骨秀和神秀

温飞卿之词，句秀也；韦端已之词，骨秀也；李重光之词[①]，神秀也。

〔**注释**〕 ① 李重光，即李煜（937—978），字重光，号钟隐、莲峰居士，为中主李璟第六子，早年过着浮华的宫廷生活，25岁继位，世称李后主。虽有仁政，但已无力回天，开宝八年（975）肉袒降宋，遭软禁，三年后被宋太宗鸩杀。善书画，通音律，工诗文，尤以词作成就突出。

〔**导读**〕 “秀”有“美好，秀丽”之义。“秀”是传统文学批评的重要范畴。刘勰《文心雕龙》有《隐秀》篇，其中论“秀”说：“秀也者，篇中之独拔者也。”又说：“秀以卓绝为巧”，“状溢目前曰秀”。后人一般谓这个“秀”，近似于陆机《文赋》的“警策”的意思。晋唐人经常说的“秀句”，也即警策之句。“秀”在宋金元时期论词时提及甚少，仅有“温润秀洁”“秀气胜韵”（王灼《碧鸡漫志》，《词话丛编》本）和“奇秀清逸”（陆甫之《词旨》，《词话丛编》本）等寥寥几处，与风韵相联系，可见，词学范畴“秀”在最开始就指向内在风神。

“秀”体现出一种集中鲜明，动人心目的状态。王国维这里所谓的“句秀”“骨秀”“神秀”，将“秀”分成了三个层级，逐层提高。三者之间有层次之分：“句秀”，指善于炼句，精工绵密，然有句无篇，脉络层次不清晰，没有一以贯之的神气。“骨秀”，指工于言情，“骨”用来比喻文章诗词志实情真，立为骨干。“神秀”，联系王国维评李煜（字重光）来看，是感慨深刻，超越一己之悲欢，而深入到对宇宙意志、人生本相的直观呈现。在《二牖轩随录》中，这一则与下一则“词至李后主而眼界始大，感慨遂深”是合并在一起的，因此可以联系起来看。

温庭筠的词，除了少数的一些风格明快疏朗的作品以外，最基本的风格是浓艳细腻，绵密隐约。这类作品，富于装饰性，多采用富于感官冲击的词语、浓密的意象描绘出精巧缛丽的画图，不直接抒情，而是采用渲染暗示的手法，逗出人物心态。但是意象之间关联性小，常常是跳跃的，没有明晰的脉络[①]。李冰若《栩庄漫记》曾说：“飞卿词中重句重意，屡见《花间集》中，由于意境无多，造句过求妍丽，故有此弊。”又说：“以一句或二句描写一简单妆饰而其下突接别意，使词意不贯，浪费丽字，转成赘疣，为温词之通病。”这正是王国维所谓“句秀”的意思，炼句而不炼意，有好句而无好篇。

“骨秀”更多的是强调“骨”。“骨秀”不同于“豪”的

① 此处参考了袁行霈先生《温词艺术研究》一文，收入《中国诗歌艺术研究》，北京大学出版社 1996 年版。

过分率露，也不同于“腻”的过分婉曲，而是强调内在的气韵流动。韦庄词重在写意抒情，多抒写亲历离乱之感和客居思乡之怀，多采用白描手法，融情于景，略作点缀，而疏朗明丽。李冰若《栩庄漫记》评韦庄《菩萨蛮》(如今却忆江南乐)(劝君今夜须沉醉)二首，说：“其妙处如芙蓉出水，自然秀艳。”王国维说：“端己词情深语秀，虽规模不及后主、正中，要在飞卿之上。观昔人‘颜、谢优劣’论可知矣。”“情深语秀”四字可以用来解释这一则的“骨秀”，也就是剪尽腴词，风骨峻挺的意思。

李煜是王国维最为喜爱的词人，这里王国维称赏他的词是“神秀”。李煜是天才的词人，身为帝王之尊，经历的家国变故，非常人所能体验，但历代与他经历相似者也不止一个宋徽宗，唯独李煜能将这种亡国之情表现得很深刻，很真切，特别是他能够超越国亡身灭这眼前的悲剧性事件，升华到对于宇宙人生悲剧性本质的直观，将隐藏在浮沉生灭的现象世界之背后的人生本相呈现在读者面前，引领读者去审美直观这种理念，从而获得情感的慰藉。这种在“个象”中呈现“本相”的艺术境界，大约就是王国维所谓“神秀”的意思。王国维对李煜词的推重，后文还有多处可见。

李煜始为士大夫之词

词至李后主而眼界始大，感慨遂深，遂变伶工之词而为士大夫之词①。周介存置诸温、韦之下②，可谓颠倒黑白矣。“自是人生长恨水长东”，“流水落花春去也，天上人间”，《金荃》《浣花》能有此气象耶！③

〔注释〕　① 伶工之词：晚唐五代的词多是在筵席上由歌伎舞女吟唱以佐酒增欢，故名。② 周介存：即周济（1781—1839），字保绪，一字介存，江苏荆溪（今江苏宜兴）人。官淮安府学教授。是清代常州词派的重要理论家，著有《介存斋论词杂著》等传世。在此书中，他比较李煜、温庭筠、韦庄词说：“李后主词，如生马驹，不受控捉。毛嫱、西施，天下美妇人也，严妆佳，淡妆亦佳，粗服乱头，不掩国色。飞卿，严妆也。端己，淡妆也。后主，则粗服乱头矣。”③《金荃》：温庭筠词集名；《浣花》：韦庄词集名。

〔导读〕　这则紧承上则的余绪，为李煜词在词史上的地位下了一个断语：“词至李后主而眼界始大，感慨遂深，遂变伶工之词而为士大夫之词。”

先来看一下“伶工之词”和“士大夫之词”。词是随着新兴俗乐——燕乐，而逐渐繁荣起来的一种艺术形式，伶工对于词的传播具有重要的意义。秦楼楚馆伶工所唱者，多为教坊乐工和市井文人所作。这只能算是“伶工之词”。既然这些词仅仅是为了适应歌馆楼台娱乐消遣而作的，且是通过伶工之口传唱传播开去的，那么消隐在背后的词人，就不必也不宜在词中直接抒写自己的情感，词作就不宜太个性化，因此这时的词，音乐性特征要高于文学性特征，它是流行音乐，是“急催弦管送年华”的享乐生活的点缀。歌伶的清一色女性化，也是导致词格调软媚婉艳的一个重要原因。

从身份来看，温、韦等当然也是士大夫，但他们的词还属于早期，代言大过于自言，词中塑造一个多愁善感的美人，咿呀低唱，那种直指人心的激动人心的力量也自然比不过李煜了，毕竟李煜后期词中的抒情主人公，就是他自己。李后主之后，词成为士大夫抒怀的工具，在词中，他们把生命中某些幽微的情怀和片段寄之于词，词的境界扩大了。

王国维所举的《金荃》《浣花》，分别是温庭筠和韦庄的词集。晚唐词人温庭筠曾过着“远泛仙舟，高张妓席”（《上盐铁侍郎启》）的浮华生活。他的词，大多数都是付诸歌妓于筵席间伴舞歌唱的，因此词中的感情无外乎是闺情怨思，词之主题模式化了，虽然其中可能寄寓词人自己失意的情绪，但是词人的形象是模糊的。

韦庄与温庭筠不太一样，他经历了唐末黄巢起义，在乱世中饱受流离飘零之苦，晚年仕蜀，又陷入无尽的乡思之中。因此他的现实感慨比温庭筠要深刻一些，他仰慕杜甫，结茅屋于成都浣花溪上，与杜甫诗魂为邻，就不无隐衷。韦庄的词，与温庭筠相比，抒情性增强了，既写男女爱情，也写思乡怀远，作为抒情主人公，自己的形象在词里面更为明晰了。但不论是温庭筠，还是韦庄，就词的格调、气象、境界上看，与李煜词直透人生之本相相比，差异还是明显的。

如果说温庭筠等的词还是以音乐娱乐性为主，以文学抒情性为辅的话，那么，李煜的词则是真正的抒情文学，将自己的悲愁忧思真实感慨，甚至大彻大悟都倾诉于词中，词是李煜精神世界的敞开。当然，温庭筠、韦庄等词人也不乏抒情的词作，但是他们抒情，往往局限于抒写个人一己的穷通得失，而在王国维心目中，李煜是"以人类感情为其一己之感情"(《苕华词又序》)的真正大诗人。所举二句，正是对于人生悲剧性本质的感慨和彻悟。需要意识到的是，李煜词也以亡国分为两个阶段，备受人称颂的是后一阶段。

可能是穷苦之言，更易激起人们的审美同情，李煜词为历代读者所喜爱。周济用"粗服乱头"四字评价李煜，这四字是指美在神而不在貌，揣其意是说，温庭筠词丽藻华饰，是浓丽的严妆；韦庄词清淡白描，是素雅的淡妆。而李煜词径直抒情，失去词本该有的端庄雅洁，因此用"粗头乱服"来形容。周济论词既重"用心"，也讲究片段、离合、色泽、音节，对李煜词略有贬抑；而王国维论词，较少专注于形貌技法，而是立足于人生论、境界说，因此驳斥周济此论为"颠倒黑白"。

词人不失赤子之心

词人者，不失其赤子之心者也。故生于深宫之中，长于妇人之手，是后主为人君所短处，亦即为词人所长处。

〔导读〕 “赤子之心”的提法，在中国传统哲学中并不鲜见，但在词学理论甚至是文学理论中提出，估计还是王国维第一。

王国维提出：“词人者，不失其赤子之心者也。”意即大文学家能够摆脱世俗闻见的污染，避开意志的束缚，而以童真的、不带任何欲求的纯粹认识观审世界，表现世界。

李煜是王国维心中的“大诗人”、文学天才。李煜是南唐中主李璟第六子，刚出生那一年祖父创建了南唐，7 岁时父亲李璟继皇位，五位兄长皆早死，故而能够立为皇太子，18 岁与大司徒周宗之女娥皇结婚，25 岁即皇帝位。这时期他过着什么样的生活呢？《新五代史》本传说：“煜性骄侈，好声色，又喜浮图，为高谈，不恤政事。”简直没有个皇帝样儿。因此，王国维说他“故生于深宫之中，长于妇人之手”，是切合实际的。但这时的李煜仍然是个爱填词的皇帝，他流传下来的这一时期的词作，也同样带着他的“赤子之心”。就比如“待踏马蹄清月夜”的情怀，“刬袜步香阶”的偷情之句，那都是李煜。他带着年轻人的狂热，追求感官的愉悦。甚至在国破之际，他写下自己“垂泪对宫娥”的情态，被后人诟病，但这样的李煜，是活生生的，家国是在纸面上的家国，耽于溺乐的守成之君对江山百姓的直观感受怕是比不上夜夜陪他笙歌曼舞的宫娥吧？

平心而论，李煜早期的反映宫廷声色靡艳、豪奢享乐生活的词作，不论从思想主旨还是艺术水平上看，都没有什么特别之处，比前蜀王衍等人的绮靡词也高不到哪里去，从整个文学史上看，超不过齐梁宫体诗。王国维也不欣赏李煜早期词，他在《人间词话》中称赏的都是李煜后期词。王国维在写《人间词话》的时候，有时他的固执和迂阔便会暴露出来。就比如这则里，他说“生于深宫之中，长于妇人之手”是李煜作为词人的长处。这真的是李煜成为天才词人的原因吗？

的确，李煜后期词抒写人生，感慨深邃，境界沉郁，确立了他在词史上的非凡地位。但这是因为他“生于深宫之中，长于妇人之手”吗？是因为他“阅世愈浅，则性情愈真”（参下一则）吗？非也。李煜词的成就，从主观角度说，与他脆弱敏感的心灵有关系，与他早年的文学素养也有关系。但是，直接而根本的原因，是惨烈的家国变故、不幸的生平遭际，给他造成深重的情感震撼，使得他的感慨超越常人，对人生悲剧性的体验更为真切深刻。李煜二十八岁时，爱子夭亡，不久爱妃周后病逝，虽然的确和小周后有私情，但他对大周后的感情也是极为深厚的。身为万乘之主，可以号令天下，却不能拯救亲人。其实李煜也谈不上号令天下，不过是蜷曲一隅的偏安之主而已，成天面对赵宋压境的大军惴惴不安，终于落得个身死国灭的下场。正是不寻常的身世、不寻常的人生遭际，使他感受到常人少有的凄凉悲怨的人生痛苦，并将之倾注于词。所以，李煜词的伟大成就，还是应该从社会生活中找原因，而不是“天才”，至少不全是什么“赤子之心”！清代赵翼两句诗移来解释李煜词的社会原因最为恰当，那就是：“国家不幸诗家幸，赋到沧桑句便工。”（《题元遗山诗》）

客观诗人与主观诗人

客观之诗人，不可不多阅世，阅世愈深则材料愈丰富、愈变化，《水浒传》《红楼梦》之作者是也。主观之诗人，不必多阅世，阅世愈浅则性情愈真，李后主是也。

〔导读〕　这一则其实和上一则关系也很密切，是对上一则的补充，在王国维眼中，李煜当然是不折不扣的“主观之诗人”。毕竟是受过哲学思辨训练的，王国维在阐述的时候，总是尽量周全。这一则的“客观之诗人”与“主观之诗人”的划分，同样是渊源于尼采和叔本华艺术哲学的。

从我们通常的阅读经验来说，王国维的话似乎很容易理解，所谓客观的诗人应该多阅世，就是说创作《水浒传》《红楼梦》之类的小说，作者当然应该具有丰富的生活阅历，对社会现实有细致的观察和深入的体会，洞见内在的本质性的意义。以水为例，往下处流和随物赋形，是水的特性。但是“在宁静的池沼中或平流的江河中观水，就不足以完全把握”水的特性，只有在水的各种情况下，银河下泻，汹涌澎湃，白沫翻腾，等等，那些特性才会完全显出来，我们才觉得美。人生也如此。因此客观的诗人，就应该努力叙写这些非常的、充满意义的情节，以便使人物心灵、特性变为看得见的东西，因此客观的诗人，应该多阅世，阅世愈深则材料愈丰富、愈有变化。

所谓主观的诗人不必多阅世，也容易让我们联系起李贽《童心说》"夫既以闻见道理为心矣，则所言者皆闻见道理之言，非童心自出之言也。……苟童心常存，则道理不行，闻见不立，无时不文，无人不文"等等。王国维论"主观之诗人"，将李煜推至最高，在下面一则里说李后主"俨有释迦、基督担荷人类罪恶之意"，也即由叔本华所谓"反映了整个人类的内在部分"云云引申开来的。

王国维的《人间词话》，虽然名为"词话"，然实际上范围远超越了"词"之一体，而泛论诗、词、小说、戏曲，也就是现代意义上的"文学"。尽管以"词"为主要论述对象，但是并不强调"词"的文体特异性，而是更注重对文学的普遍本质的解释。这一则中的"诗人"，显然将词人、小说家都包罗进去了，是泛指文学家。

后主之词，以血书之

尼采谓："一切文学，余爱以血书者。"[1]后主之词，真所谓以血书者也。宋道君皇帝《燕山亭》词亦略似之[2]。然道君不过自道身世之戚，后主则俨有释迦、基督担荷人类罪恶之意，其大小固不同矣。

〔注释〕　① 尼采（1844—1900）：德国著名哲学家，著有《悲剧的诞生》等，主张靠艺术来拯救人生，赋予生命以一种审美的意义。他的哲学反对理性主义，张扬生命意志力，是现代西方哲学的开创者。他对王国维的早年思想发生了重要的影响。这里引用尼采语，出自尼采《查拉斯图拉如是说》第二卷之《诵读与写作》。② 宋道君皇帝，即宋徽宗赵佶，19 岁继位，在位 25 年，为北宋政治最腐败无能的时期，终于至 1127 年 7 月被金人掳去，过了八九年的俘虏生活，死在五国城（今吉林省境内）。宋徽宗亡国以后在北地的词，只有两首，广为传唱的就是王国维提到的《燕山亭》。

〔导读〕　《人间词话》是一个整体，故而我们在看的时候要不停地瞻前顾后，才不至割裂王国维的原意。在王国维眼里，李后主属于前几则中所谓“理想家”，他的词是写真景物真感情的，是用“血”写成的。尼采说：“用血写书，然后你将体会到，血就是精义。”尼采对于王国维早年思想的影响仅次于叔本华。如果撇开尼采的独特哲学内涵的话，可以将此句理解为：文学是作家的泣血之呕，是源于作家灵魂深处的叫喊。

接下来，王国维举出词史上两个可以称得上“血书”的词人，都曾是帝王，一个是李煜，另一个是宋徽宗。李煜是南唐后主，成为赵宋的阶下囚，最后被鸩杀。宋徽宗赵佶被金人掳去，身死故国。他们两人的命运非常相似：九五之尊，享尽人间繁华；国亡身灭，受尽常人无法体验的屈辱；又具有超凡的知力，观物弥深，感慨弥深。他们是帝王中的失败者，但他们又是帝王中屈指可数的艺术家。你见过比瘦金体更为筋骨毕露、华丽而感伤的字体吗？那是中国历史和文化上达到极高时代的皇帝的字。李煜以词名，王国维批《词辨》时曾说：“天以百凶成就一词人。”李煜和宋徽宗遭遇之“凶”，是芸芸众生无法体会的，因此他们词中的感慨比常人要深刻得多。但是两人的境界还是有差异的。李煜存词三十余首，多作于国破后，愁怨深广，超越同时词人；宋徽宗亡国以后在北地的词，只有两首，广为传唱的就是王国维提到的《燕山亭》。宋徽宗在《燕山亭》里吟道：“天遥地远，万水千山，知他故宫何处？”凄婉可怜，但还只是一己的“身世之戚”，不过他的身世遭际比普通人更为悲惨，感慨也更为沉痛而已。而李煜则不同。李煜透过切身遭际的世变，对于人生的悲剧有了更为深刻的体味；或者说，他将自己的不幸升华了，揭示出人类的普遍性悲剧，将被浮华遮掩的宇宙人生的悲剧本质敞亮出来。如《菩萨蛮》：“人生愁恨何能免？”《相见欢》：“自是人生长恨水长东。”《虞美人》：“问君能有几多愁，恰似一江春水向东流。”《浪淘沙》：“流水落花春去也，天上人间。”这种对“人间”悲剧性本质的审视和叩问，已经超越了一己之悲，直透生命的本源。所以王国维说：“后主则俨有释迦、基督担荷人类罪恶之意。”李煜词直面人生的悲哀，对于生命悲剧本质的揭示与宋徽宗仅道一己之悲戚，在境界层次上显然是有大小之异的。

王国维在《人间嗜好之研究》里说：

若夫真正之大诗人，则又以人类之感情为其一己之感情。……彼之著作，实为人类全体之喉舌，而读者于此得闻其悲欢啼笑之声，遂觉自己之势力亦为之发扬而不能自已。

李煜后期词中所写，就是“人类之感情”；其著作，就是“人类全体之喉舌”。而宋徽宗尚不足以当此。值得提出的是，王国维的《人间词》，也多对“人间”悲剧的审视和叩问，在这一点上，他对李煜是同情的。也正是接受了叔本华的悲观主义哲学思想，王国维才能对李煜词的精神内涵具有超越一般人的体会。

这里需要谈谈前代论者对于李煜、赵佶词的认识。清代如贺裳《皱水轩词筌》、徐釚《词苑丛谈》等常将李后主和宋徽宗相提并论，但一般还是从传统的“亡国之音哀以思”角度来作解释的，李清照《词论》谈及李煜词就说：“语虽奇甚，所谓亡国之音哀以思也。”

另一种评论是责备帝王爱好小词，荒淫误国。据说宋兵围城时李煜还在作长短句，上囚车前竟然作词曰：

三十余年家国，数千里地山河。凤阁龙楼连霄汉，玉树琼枝作烟萝。几曾识干戈。　　一旦归为臣虏，沈腰潘鬓消磨。最是仓皇辞庙日，教坊犹奏别离歌。挥泪对宫娥。

苏轼就斥责说：“后主既为樊若水所卖，举国与人，故当恸哭于九庙之外，谢其民而后行。顾乃挥泪宫娥，听教坊离曲哉！”苏轼的责备是有道理的，身为帝王，就应该为江山社稷、天下苍生着想，不能沉湎于咿咿呀呀，毫无作为。陈叔宝、隋炀帝，又多了一个李后主，虽文采风流，可苦了百姓！但是，王国维不这么认为。在写于1906年的《教育小言》里，他说：

生百政治家，不如生一大文学家。何则？政治家与国民以物质上利益，而文学家与以精神上之利益。物质上之利益，一时的也；精神上之利益，永久的也。

文学家所志者，真理也，是天下万世的真理，是人类永恒的福祉，“而政治家及实业家之事业，其及于五世、十世者，希矣”（王国维《论哲学家与美术家之天职》）。从这种审美超功利文学观出发，王国维宽容了李煜作为一国之君的罪愆，而推尊其在文学史上的地位。但是我认为，若帝王耽溺一己娱乐，既是国家不幸，更是人民遭殃，即便他的娱乐的结果是为后世留下了精彩的词句，也改不了这一事实。

冯延巳词开北宋风气

冯正中词虽不失五代风格，而堂庑特大①，开北宋一代风气。与中、后二主词皆在《花间》范围之外②，宜《花间集》中不登其只字也。

〔**注释**〕 ① 堂庑：本谓屋宇，借指诗词书画的意境规模。②《花间》：即《花间集》，是最早的一部词总集，为后蜀贵族子弟赵崇祚所编，成于广政三年（940），选录温庭筠、皇甫松、韦庄、薛昭蕴等18位唐末五代词人的词作，凡500首，其中大部分词人为后蜀词客。

〔**导读**〕 在词史上，往往说“花间”“南唐”，“花间”其实指的是西蜀。“花间”，多美的意象，因为《花间集》从此与“词”紧紧联系在一起。唐末五代中原战乱频仍，西蜀凭其天堑之险和物产富庶而相对安定繁华，加之前蜀之王衍，后蜀之孟昶荒淫放逸，纵情声色，爱好文艺，于是在西蜀朝廷兴起浮艳靡丽的词风。《花间集》的编撰，就是这种词风的反映。其中部分词作，描写女性姿色情思，与齐梁宫体诗相近。

至于《花间集》为何不选冯延巳、李璟、李煜词，应该有时空两方面原因。从时间上说，《花间集》编成时，冯延巳才38岁，李璟才25岁，李煜还是个孩子，在词体创作上他们还没有显示出真正的实绩，没有发生多少影响；从地域上说，西蜀和南唐相距甚远，疆界和关卡都限制了文化上的交流。而且，《花间集》所录词人中，除了温庭筠和皇甫松，皆为蜀人，因此《花间集》不选南唐人词是很自然的。

但是，王国维则从词作本身找原因，认为冯延巳与中、后二主词的境界、意旨、风格与“花间”词人不同，都不是错彩镂金的，因此《花间集》不录冯词。当然王国维这一则的重心在前面一句：“冯正中词虽不失五代风格，而堂庑特大，开北宋一代风气。”

冯延巳有一些词也是浓艳靡丽的，如《菩萨蛮》：“娇鬟堆枕钗横凤，溶溶春水杨花梦。红烛泪阑干，翠屏烟浪寒。　　锦壶催画箭，玉佩天涯远。和泪试严妆，落梅飞夜霜。”与“花间词人”的风格是很接近的，故而王国维说“虽不失五代风格”。与“花间词人”相比，冯延巳虽也常写男女相别相思的恋情，然而常常寄寓切已的身世之感；甚至穿透日薄西山的国运，似乎领悟到更为深刻的人生命运悲剧，词中的感慨往往能够超越一己的悲哀，而更为深沉博大。如《清平乐》：“往事总堪惆怅，前欢休更思量。”《喜迁莺》：“相逢携酒且高歌，人生得几何！”《舞春风》：“蕙兰有恨枝尤绿，桃李无言花自红。”《金错刀》：“只销几觉懵腾睡，身外功名任有无。”这些词与李煜词的人生感慨略有几分相近，是烟花梦中的“花间词人”所未曾梦见的。王国维所谓“堂庑特大”，应该从这个角度去理解。

冯延巳在词中寄寓人生感慨，扩大词的意境，对北宋词是有明显影响的。晏殊词中如《破阵子》“可奈光阴似水声，迢迢去未停”、《木兰花》“细算浮生千万绪，长于春梦几多时”、《清平乐》“人面不知何处，绿波依旧东流”、《秋蕊香》“金乌玉兔长飞走，争得朱颜依旧”等等，蕴涵着对时光飞逝、人生苦短的慨叹，难怪刘熙载《艺概》说“晏同叔得其俊”。再如欧阳修词如《圣无忧》“世路风波险，十年一别须臾”、《浣溪沙》“浮世歌欢真易失，宦途离合信难期”、《鹤冲天》“花无数，愁无数，花好却愁春去。戴花持酒祝东风，千万莫匆匆”、《临江仙》“如今薄宦老天涯。十年歧路，空负曲江花”等等，更是在亲身遭际的历练中对社会人生的彻悟。这种境界和主旨，往前面都可追溯到冯延巳，所以刘熙载说“欧阳永叔得其深”。在晚唐温庭筠、韦庄和北宋晏殊、欧阳修之间，冯延巳是风气转换的枢纽，所以王国维说冯延巳“开北宋一代风气”。

冯延巳、孟浩然与韦应物诗句的共同特点是，诗人略不用思，只是在静默的审观，主体之心好像一面镜子，宇宙对象在这面镜子上自然而然地呈现。这在唐诗中还是比较常见的，如王维的“雨中山果落，灯下草虫鸣”(《秋夜独坐》)，“明月松间照，清泉石上流”(《山居秋暝》)。但是在唐五代文人词普遍追求感官冲击、注重抒写艳情的风气里，冯延巳的这句“高树鹊衔巢，斜月明寒草”，可谓藐姑射山神人，冰清玉洁，天姿绰约。也难怪王国维对他推崇备至了。

冯延巳词《醉花间》

正中词除《鹊踏枝》《菩萨蛮》十数阕最煊赫外[①]，如《醉花间》之“高树鹊衔巢，斜月明寒草”，余谓韦苏州之“流萤度高阁”[②]、孟襄阳之“疏雨滴梧桐”不能过也[③]。

〔注释〕 ① 煊赫：声势盛大，场面繁盛。② 韦苏州：即韦应物（737—792），长安（今陕西西安）人，中唐著名诗人，曾官苏州刺史，世称“韦苏州”。③ 孟襄阳：即孟浩然，盛唐著名诗人，襄州襄阳（今湖北襄阳）人。“微云”二句，是孟浩然的残句，尚无全诗。

〔导读〕 《鹊踏枝》是唐教坊曲名，宋晏殊词改为《蝶恋花》。《阳春集》载冯延巳《蝶恋花》十四首、《菩萨蛮》九首。这些词的共同特征是秾艳富贵，略近温庭筠词，但更增强了抒情性，多离情别绪、伤时感怀之痛，所写之物象，无不凝染词人的意绪，可谓“情中景”。如《菩萨蛮》其二：“画堂昨夜西风过，绣帘时拂朱门锁。惊梦不成云，双蛾枕上颦。　金炉烟袅袅，烛暗纱窗晓。残日尚弯环，玉筝和泪弹。”又如《蝶恋花》其六：“谁道闲情抛弃久，每到春来，惆怅还依旧。日日花前常病酒，不辞镜里朱颜瘦。　　河畔青芜堤上柳，为问新愁，何事年年有？独立小楼风满袖，平林新月人归后。”这种“有我之境”式的强烈的抒情性，就是王国维所谓“最煊赫”的意思，词人主体是不平静的，存在一个由动之静的主体心灵转换过程。

冯延巳的《醉花间》，就整首词来看，还是弥漫着浓郁的怅惘。词人面对美好的山川风景，却萌发了“少年看却老”的感慨。但是王国维采用摘句品评的方式，欣赏其中“高树鹊衔巢，斜月明寒草”二句境界之静穆清淡。词可谓之“城市文学”。唐五代的文人词，描写楼阁庭院、珠帘翠幕等浮世生活者多，描写自然意象者少。多描写“鸾镜”“凤髻”“绮窗”“朱户”之类的物事，即使一花一草，也绮词妆饰，无不沾染词人浓厚的情思，是“有我之境”。像“高树鹊衔巢，斜月明寒草”二句那样，以自然之眼观审自然之物，呈现自然之境，这在唐五代文人词中是难得一见的，在冯延巳词里也不多见。仅仅就这二句所写之境来看，算得上王国维所说的“无我之境”。

欧词有所本

欧九《浣溪沙》词“绿杨楼外出秋千”①，晁补之谓只一“出”字，便后人所不能道②。余谓此本于正中《上行杯》词“柳外秋千出画墙”③，但欧语尤工耳。

〔注释〕 ① 欧九：即欧阳修。欧阳修（1007—1072），字永叔，号醉翁、六一居士，庐陵（今江西永丰）人。官翰林学士、史馆修撰等职。谥文忠，有《欧阳文忠公文集》传世。他的词存世230余首。“绿杨楼外”句出欧阳修《浣溪沙》。② 晁补之（1053—1110），字无咎，号归来子，济州巨野（今属山东）人，官秘书省正字、校书郎，为“苏（轼）门四学士”之一，北宋著名文学家。③“柳外秋千”句：出冯延巳《上行杯》。

〔导读〕 诗歌讲究炼字，重视句眼，词也是如此。有时关键字用得好，摹态传神、写心表意就更为细腻真切，有特殊的效果。欧阳修此句炼一个“出”字，在当时广为人们称道。

《浣溪沙》上片三句写词人在春天里荡舟闲游的兴致。画船是词人乘坐的小船，从小船上看堤上游人，看春水拍堤；再远处，春气迷蒙，好像天也垂得很低。人在水面，抬头向高处看，映入眼帘的是绿杨楼阁，好像还有什么东西在有节奏地出没——往往动景更易于引人注意。再定睛注目看，是秋千。哦，原来还有人在那里悠然地荡起秋千呢！说“绿杨楼外出秋千”，符合词人观景的过程，本来在水面赏景的词人和远处绿杨楼外荡秋千的人，两者并不相关，却因这一个“出”字，组合成一幅春意盎然的景象。这个“出”字，极具匠心而出于自然。如果把此句改为“绿杨楼外秋千出”，首先认知为“秋千”，就写不出词人任性闲游，物我猝然相遇的神妙。欧阳修另一首《浣溪沙》据说也是咏秋千，首二句云：“云曳香绵彩柱高，绛旗风飐出花梢。”这个“出”字就比较寻常，因为它是按照汉语的常见逻辑来安排的，没有出奇之处。

王维诗和冯延巳词都是写寒食节前后的春景，一明快，一婉媚，但就此二句写景看，没有写出“观物”的特定视角和情态，“秋千出垂杨”“秋千出画墙”，只是一般的自然语序，相比而言，确是“欧语尤工”。王国维溯其近源为冯延巳的《上行杯》“柳外秋千出画墙”，从《人间词话》的编排逻辑看，正是因为他认为欧词是受了冯词的影响，所以特地把这句词摘出来，表示两者之间的前后继承关系。刘毓盘《词史》说欧阳修词“亦出南唐，而加以深致”。王国维所谓的“欧语尤工”，也即是“加以深致”意。

欧阳修学冯延巳

梅舜俞《苏幕遮》词[1]："落尽梨花春事了，满地斜阳，翠色和烟老。"刘融斋谓少游一生似专学此种[2]。余谓冯正中《玉楼春》词："芳菲次第长相续，自是情多无处足。尊前百计得春归，莫为伤春眉黛促。"永叔一生似专学此种。

〔注释〕　① 梅舜俞：即梅尧臣（1002—1060），字圣俞，一作舜俞，宣城（今属安徽）人，世称梅宛陵或宛陵先生（宣城古名宛陵）。其集有朱东润先生编撰《梅尧臣集编年校注》。② 少游：即秦观（1049—1100），早年字太虚，后改字少游，人称淮海先生，高邮（今属江苏）人。为"苏门四学士"之一，官定海主簿、蔡州教授、秘书省正字等，后贬为杭州通判、又削秩徙郴州，迁横州、雷州编管，终客死荒蛮。

〔导读〕　这是在《人间词话》研究史上比较费解的一则，论者多不涉及。第一句是引述刘熙载的话，乍一看，认为秦观词学梅圣俞，接下来王国维说欧阳修写词学冯正中。但我们要看到，他是举了词作来说的，所以不能简单粗暴地直接说两两的继承关系，而要看到其内在的关联性，词的创作要素，包括词的风格、形成的词境等等，这才是王国维此则词话的要旨。

词的出生就带有浓厚的城市文学的印记，它摹写的多是都市甚至宫廷贵妇人的闺阁生活，如花间词中的大部分场景即是如此。梅尧臣以诗名，不以词名，他对诗的看法被欧阳修记在《六一诗话》中，认为“状难写之景如在目前，含不尽之意见于言外”，要“意新语工”，刘熙载所引用的梅尧臣《苏幕遮》，走出了深宅大院，描写大自然的春景，景象清幽雅静，与同时代的晏殊、欧阳修词风很不一样。再看秦观的词，虽然是伤心人语，但用笔柔婉，境界幽雅清寂，正如冯煦所说：“淡语皆有味，浅语皆有致。”（《宋六十一家词选·例言》）在“幽趣”这一点上，秦观的不少词与梅尧臣的《苏幕遮》是一致的。所以刘熙载说，“少游词有小晏之妍，其幽趣则过之”。这才是刘熙载的本意，而并非是说秦观一生都学梅尧臣词。

再看冯延巳的《玉楼春》，南唐冯延巳词对北宋词坛影响深远。宋初著名词人晏殊、欧阳修都是承续冯延巳的路数。刘熙载《词概》说：“冯延巳词，晏同叔得其俊，欧阳修得其深。”这个“深”不仅表现在抒写浓郁凄怆的离愁别恨上，而且表现在思力上，对词句的安排上。冯延巳与欧阳修二人词风太为相近，乃至在宋代两人词就已多“相乱”。比如欧阳修《蝶恋花》“庭院深深”，很多集子都列在《阳春集》里，认为是冯延巳作品。

咏春草词

人知和靖《点绛唇》[1]、舜俞《苏幕遮》[2]、永叔《少年游》[3]三阕为咏春草绝调，不知先有正中“细雨湿流光”五字，皆能摄春草之魂者也。

〔注释〕 ①和靖，即林逋（967—1028），字君复，钱塘（今浙江杭州）人。终生不仕，隐居西湖孤山，人称其“梅妻鹤子”。有《林和靖先生诗集》传世。《点绛唇》：“金谷年年，乱生春色谁为主？余花落处，满地和烟雨。 又是离歌，一阕长亭暮。王孙去。萋萋无数，南北东西路。”②《苏幕遮》：“露堤平，烟墅杳。乱碧萋萋，雨后江天晓。独有庾郎年最少。窣地春袍，嫩色宜相照。 接长亭，迷远道。堪怨王孙，不记归期早。落尽梨花春又了。满地残阳，翠色和烟老。”③《少年游》：“阑干十二独凭春，晴碧远连云。千里万里，二月三月，行色苦愁人。 谢家池上，江淹浦畔，吟魄与离魂。那堪疏雨滴黄昏。更特地，忆王孙。”

〔导读〕 后人常赞赏林逋《点绛唇》咏草而终篇无“草”字，也即符合沈义父所谓“说桃不可直说桃”的原则，但是，这首词的真正妙处是用典无痕，其中用“金谷园”和“王孙”等关于春草的典故，能完全融于意象之中，似水中着盐，不露痕迹。咏春草而蕴涵着惜春伤别的意绪，意象葱茏，文词雅秀，尤以“满地和烟雨”为工。清人黄了翁说：“‘和’字咏草入细。”又说：“‘南北东西路’句，宜缓读，一字一读，恰是‘无数’二字神味。”(《蓼园词选》) 的确，缓读有沉郁顿挫之致。

梅尧臣的《苏幕遮》，主旨不外也是伤春怨别，但是在运思上又有自己的特点：一是善于点化。“庾郎年最少”，庾郎是指庾信。彼时，青年才俊正是意气风发之时，所以“嫩色宜相照”。这句可谓夺胎换骨，意新语工。二是情意绵邈，更为含蓄。上片的典故中，后来庾信被迫滞留于北朝，倦鸟思归，下阕中不再明提庾信的典故，但是在思力安排上却是承着这个逻辑来的，于是才有“不记归期早”的说法。梅尧臣曾说诗人“必能状难写之景如在目前，含不尽之意见于言外，然后为至矣”。这首《苏幕遮》，也善于用烘托点染的方式来营造一种意绪，情余象外，有韵外之致。特别是“翠色和烟老”，堪与林逋“满地和烟雨”相媲美。那种“雨后却斜阳”下的蒙蒙烟雨中，青色一片，一个“老”字出人意表又在情理之中。从语序安排上，用“老”来接“翠色”“烟”，其实是有跳跃性的，但“有我之境”中，诗人“以我观物”，一个“老”字又多么贴切！

欧阳修的《少年游》，上片凭阑远眺，情景真切。王国维赞赏其“语语都在目前，便是不隔”；但认为下片“谢家池上，江淹浦畔”，则隔矣，意谓用典故而阻碍了意象的直观性。当然，欧阳修此词的典故并不生涩，特别是以“吟魂”切“谢家池上”，“离魂”切“江淹浦畔”，工切而能超脱。但是不可否认，这样一来，的确显得不够灵活圆融。

王国维在此三阕词之外，提出冯延巳《南乡子》词“细雨湿流光”五字，亦能“摄春草之魂”。“细雨湿流光”颇为后人所喜爱，王安石和明人陆深都曾激赏此句之神妙。冯延巳这首词是写怨妇的春恨，算得上是“有我之境”。首句“细雨湿流光”，脱化于王维的“草色全经细雨湿”(《酌酒与裴迪》)，但王维此句只是自然语序，意象还比较单一。冯延巳的“细雨湿流光”，不重在写情，而重在咏物，春草因细雨的滋润而更加茁壮旺盛，碧油油的，好像有光影在流动，正是“芳草年年长”这一自然本相的直观呈现。这样一写，就仿佛从摄像到了电影，是一种自然的影像呈现，甚至比电影还妙，因为它还让人在灵魂中咂摸，是葱茏的生意，或是由赏草而生出的“恨意”。所谓“摄春草之魂”，是得春草之“神理”的意思，就是说能将春草的“实念”本相直观鲜明地呈现出来。“细雨湿流光”句，套用王国维《文学小言》的话，称得上“体物之妙，侔于造化”。所以，在王国维眼里，这几句都是称得上“摄春草之魂”的。

另外，我们还要看到王国维之所以要在最后一句写上“先有”正中的“细雨湿流光”，其实也是点明宋词与南唐词的先后继承关系，也和他前面几则中推重冯正中是一脉相承的。

诗词之洒落、悲壮

《诗·蒹葭》一篇[①]，最得风人深致[②]。晏同叔之“昨夜西风凋碧树，独上高楼，望尽天涯路”[③]，意颇近之。但一洒落，一悲壮耳。

〔注释〕 ①《蒹葭》：《诗经·秦风》中诗。② 致：意趣、情趣。③ 晏同叔：即晏殊（991—1055），字同叔，抚州临川（今江西临川）人。卒谥元献，人称晏元献公。有《珠玉词》凡130余首传世。“昨夜西风”等句，出自晏殊《蝶恋花》。

〔导读〕 “风人深致”的说法不太常见，可能是从《世说新语》中的“雅人深致”脱换而出。何谓“风人深致”？借用钟嵘《诗品》上卷评“源出于《国风》”的《古诗》的两句来形容会更为明白，那就是“文温以丽，意悲而远”。

《诗经·秦风·蒹葭》和晏殊《鹊踏枝》在意韵上的确有相似之处，都是有所思慕，只是爱而不见，若隐若现，因此诗人迷惘惆怅。汉儒解释《蒹葭》为刺诗，刺秦襄公未能用周礼，彼时也曾被视为正统之解。到了近代，或者说朱熹那时就已经开始，擦去笼罩在《诗经》上的重重政治教化色彩，回归到最初的“恋爱”面貌。可是，诗人怨慕、怀想之伊人为谁？历代各有附会，或谓贤者，或谓情人，然均难以坐实，这就是诗歌的朦胧美，因其朦胧而具有绰约迷离的意境。故王国维说此诗“最得风人深致”。

王国维曾用晏殊“昨夜西风凋碧树”几句比拟成就大学问、大事业的第一个境界，的确，这几句就像《蒹葭》诗的主人公那样，上下求索，却又茫然迷惘。《蒹葭》诗中抒情主人公的身份是不确定的，因此他与所思慕者的关系也是不确定的，读者可以“各以其情而自得”，王国维所谓的“洒落”，或许就是这个意思。当然，《蒹葭》一唱三叹，平缓而有致，这也使得诗歌气质偏于“洒落”。

晏殊的《鹊踏枝》却不然，抒情主人公是一位闺阁少妇，因此怨慕的应该是爱人；然而山长水阔，不知在何处，就像“伊人在水”一样，又是迷惘的。从写景上看，《蒹葭》仅仅以白露的变化来表示一天的时间过程，而晏殊则下狠语，用“西风凋碧树”这一体现“自然意志”而“又大不利于人之意志”的意象来表现离情别绪；《蒹葭》诗“溯洄从之，道阻且长”，重在写道阻，反衬思慕之执著，而晏殊则用“独上”“望断”之类斩截语。故而王国维谓之“悲壮”。

从尊词体的角度看，王国维把《鹊踏枝》上溯到《诗经》的源头，而且是类比境界的相似度。小词不小，它的立意继承了《诗经》以来的优良传统。

诗人之忧生、忧世

“我瞻四方，蹙蹙靡所骋”[①]，诗人之忧生也。“昨夜西风凋碧树，独上高楼，望尽天涯路”似之。“终日驰车走，不见所问津”[②]，诗人之忧世也。“百草千花寒食路，香车系在谁家树”似之[③]。

〔**注释**〕 ①“我瞻四方”二句：出自《诗经·小雅·节南山》，原诗一节曰：“驾彼四牡，四牡项领。我瞻四方，蹙蹙靡所骋。”意谓虽有车马，但无处可驰骋。②“终日驰车走”二句：为陶渊明的《饮酒》诗句，奔波劳顿，却没有方向，没有前途，没有归宿。③“百草千花”二句：为冯延巳《蝶恋花》词句，本谓意中人在外冶游忘归，王国维此处谓飘摇奔波而身无定所。

〔**导读**〕 “忧生”“忧世”是中国传统文艺精神的重要内容，“明于忧患”是中华民族的文化性格。《诗经》《楚辞》中多有忧生忧世的篇章，而且两者往往是紧密联系在一起的。所谓的“不平则鸣”“诗穷而后工”，都是指“忧生”之诗。纵观古代的诗歌，往往就是穷而在下者的“忧生之嗟”。而这些“忧生之嗟”，往往是最易让人兴发感动的。王国维《文学小言》

说《节南山》之四句，“以《离骚》《远游》数千言言之而不足者，独以十七字尽之”。晏殊《鹊踏枝》“昨夜西风”三句，虽然极目远眺，但天地茫茫，意中人在何处呢？都是表达一种茫然的失意情怀，故而王国维说是“诗人之忧生也”。

而每当内政腐败、外患入侵、国势沉沦之际，具有强烈入世精神的传统士人会高涨起“忧世”意识，胸怀天下，心系民瘼。杜甫“穷年忧黎元”，白居易“唯歌生民病”，李商隐慨叹“夕阳无限好，只是近黄昏”，无不蕴涵着深沉的忧患精神。特别是在宋季、晚明、清末民族矛盾尖锐、外强大肆凌轹的厄运危时，“忧世”意识尤其强烈，往往会出现感天动地的大文章。

王国维在这里论及诗词中表现出来的忧生忧世主旨，在传统文艺精神的土壤中是有根基的。同时，我们更要注意到王国维接受叔本华哲学后，思想中存在的忧郁情怀和悲观主义哲学观。王国维是个比较敏感的人，在常人朝气蓬勃、踌躇满志的青年时期，王国维已经满心忧郁地思考人生问题。而且他之所以接受叔本华哲学美学文艺思想，就是以为叔氏哲学回答了他对人生的叩问。王国维的美学文艺思想，其实是建立在自己的人生论基础上的，可称之为人生论文艺美学。王国维认为诗歌是用“直观”“顿悟”的方式解释“宇宙人生上根本之问题”（《奏定经学科大学、文学科大学章程书后》），给予人以精神上之慰藉，甚至可以说是“上流社会之宗教”（《去毒篇》）。在王国维自己所作的诗词中，同样充满着对人生问题的艺术思考，具有浓郁的忧患意识，如《尘劳》：“至今呵壁天无语，终古埋忧地不牢。”《浣溪沙》：“掩卷平生有百端，饱更忧患转冥顽。”《虞美人》：“人间孤愤最难平，消得几回潮落又潮生。”特别是从最后一例，“潮落潮生”直探宇宙的变化与永恒的大背景，可以看出，他的“忧生之嗟”已经超越了传统的叹老嗟卑，达到本质性直观的层面，这无疑得益于叔本华哲学。

王国维所生活的晚清，清帝国大厦在内忧外患中逐渐衰朽坍塌。在积弱积贫的近代中国，任何一个文化人都不可能逍遥世外，对社会世事漠不关心。王国维也绝非是苦难时代的一个逍遥者，要知道，他是希望自己能做“帝师”的，当然要匡时救世。纵观王国维一生的情怀，大致可以辛亥革命为界分为前后两期，前期偏重的是“忧生”，是对人生问题的追寻；后期偏重的是“忧世”，当然他不能力挽狂澜，而是试图以学术持存国魂，持存华夏文化的脉运。且有时“忧世”情怀甚至自然而然地流露在诗词中，如《梦得东轩老人书，醒而有作》云：“人事日萎溃，蒿目无乃创。平生忧世泪，定溢瑶池觞。”

在《人间词话》中，王国维大多是摘句式的评论，摘句后的意思有时与词的整体意旨并不完全相符。就如第二个例子中，“香车系在谁家树”，表面意思不过是少妇在思忖良人，但经过王国维的摘句，境界遽然广阔。这不是说王国维在摘句时故意割裂原意，而是诗词本身的魅力中，原本就有这样一层，可以生发，让人联想开去，至于联想之后的境界大小，就要看读者自己的思力与学力了。

三种境界

古今之成大事业、大学问者，必经过三种之境界。“昨夜西风凋碧树，独上高楼，望尽天涯路”，此第一境也。“衣带渐宽终不悔，为伊消得人憔悴”①，此第二境也。“众里寻他千百度，回头蓦见，那人正在灯火阑珊处”，此第三境也。此等语，皆非大词人不能道。然遽以此意解释诸词，恐晏、欧诸公所不许也。

〔**注释**〕 ①“衣带”二句：出自欧阳修《蝶恋花》。

〔**导读**〕 王国维的这一则，影响力几乎可以用来代表《人间词话》，毕竟后人说话、写文章时经常引用。然各人对其含义的理解可谓众义歧出，难以归一，就像王国维这里引用晏殊、欧阳修、辛弃疾的词句一样，并没有顾及作者的原意，而是借古人来说自己的话。但正如晚清谭献所说：“作者不必然，读者何必不然！”欣赏，应该允许读者的发挥、再创造。

对于这则里的第一句，“成大事业、大学问者”，不必看得过死，六七年后王国维的《二牖轩随录》选录这一则时，就改为“成就一切事，罔不历三种境界”。至于这个“境界”，也不必与前面“词以境界为上”之“境界”强扯到一起。“三种境界”，在《文学小言》里的表述是“三种之阶级”，即三个阶段。

“昨夜西风凋碧树，独上高楼，望尽天涯路”，原是思妇楼头怅望，是事业和学问的第一阶段，有所追求，有所想念，然前面的路途是一片迷蒙，没有方向，没有目标，心中也是茫然的，但毕竟有“望尽”的期盼之意。“衣带渐宽终不悔，为伊消得人憔悴”，原是对心上人的思念，这里借指事业和学问的第二阶段，经历过迷蒙茫然之后，若能锲而不舍，方向就会逐渐明朗，目标就会逐渐明确，就是词中的“伊”出现了。这时，追求的主体应该坚定执著、艰苦卓绝地探索钻研，培养主体的能力，增强主体的修养，纵使面容憔悴、身体消瘦，依然无怨无悔，用心去追寻、深入地体会对象。这在禅宗谓之“渐修”。这个阶段是艰苦的，但恰恰是重要的承上启下的阶段。大多数人对待生命中事物的态度都不可能如此呕心沥血，即以文学论，在创作上如曹雪芹般批删十载的还是少数。接下来，“众里寻他千百度，回头蓦见，那人正在灯火阑珊处”，原意不过是写乍见之惊喜，这是事业和学问的第三阶段，是在长期艰苦的渐修的基础上，一朝忽然开悟，茅塞顿开，天机骏利，触处皆通。这在禅宗谓之“顿悟”。关于顿、渐之悟，前代有过各种不同认识，然总体上说，佛教徒竺道生所谓“‘悟’不自生，必借信‘渐’”，是较为平实而普遍的看法。一切创造性的活动，都有一个由“渐”而“悟”的过程。“寻他千百度”还是承着第二阶段的艰苦来的，“那人正在灯火阑珊处”的惊喜却是新上一个台阶。

所谓第三阶段的顿悟，就文艺来说，是指灵感勃发的状态，也就是叔本华所谓的天才的“纯粹认识”。叔本华认为，艺术家对世界的纯粹的审美直观，这是天才的禀赋（或谓之“灵感”）；艺术家要把他的这种直观呈现给读者，则需要技巧，这种技巧是后天获得的，需要修养训练。王国维接受了叔本华这一思想，反复强调“文学上之修养”。《文学小言》说：“未有未阅第一、第二阶级，而能遽跻第三阶级者。文学亦然。此有文学上之天才者，所以又需莫大之修养也。”王国维的“三种境界”论，实际上是谈天才和修养的关系，且重点在强调修养。又说：“天才，或数十年而一出，或数百年而一出，而又须济之以学问，帅之以德性，始能产真正之大文学。”

《人间词话未刊稿》引屈原语说：“‘纷吾既有此内美兮，又重之以修能。’文学之事，于此二者，不可缺一。”这里所谓的“学问”，所谓的“修能”，就是“三种境界”说中的第一、第二境界，是艺术家的艰苦学习、探索，提升修养的过程，只有经历了这个过程之后，灵感才可以出现，天才才能将其所感艺术地传达出来。这也正是所谓大诗人“能感之”“能写之”。

欧阳修豪放中有沉着

永叔"人间自是有情痴，此恨不关风与月"，"直须看尽洛城花，始与东风容易别"[①]，于豪放之中有沉着之致，所以尤高。

〔注释〕 ①"人间"四句：出自欧阳修《玉楼春》。

〔导读〕 "豪放"这一范畴，在词论中自张綖《诗余图谱》中"豪放""婉约"并举后，大行于天下，并且常常将苏辛并称为"豪放"领袖。王国维说到欧阳修的词"豪放"，这是侧重于大笔勾勒，气魄大，不拘小节来的。"词静而曲动，词敛而曲放……词以婉约为主，别体则为豪放，曲以豪放为主，别体则为婉约。"（任中敏《词曲通义》）"豪放"在词的风格中本来就是"别体"。但是欧阳修词在王国维这里还有"沉着"的评价，这就不同于普通的"豪放"了，甚至于这个"沉着"挽救了"豪放"之弊。

其实欧阳修的词，学南唐冯延巳，清新雅致，情意深邃，秀丽婉约，如我们熟悉的《采桑子》（群芳过后西湖好）等，但随着所遭遇人生挫折、仕途坎坷的增加，欧阳修词的人生感慨比冯延巳词要更深邃沉着，如"离愁渐远渐无穷，迢迢不断如春水。……平芜尽处是春山，行人更在春山外”（《踏莎行》），“泪眼问花花不语，乱红飞过秋千去”（《蝶恋花》），“世路风波险，十年一别须臾”（《圣无忧》），“爱惜芳时，莫待无花空折枝”（《减字木兰花》）等，情中含景，情意浓郁，感慨深广，触及人生的问题，对于这一主题特征，刘熙载以“深”，冯煦以“深致”概括之。周济直接以“沉着”二字论欧词，这很有可能影响到王国维。

欧阳修另一些词的特征是闲旷萧散、豪气轩翥，初露豪放端倪。如《朝中措》：“平山阑槛倚晴空，山色有无中。手种堂前垂柳，别来几度春风。　文章太守，挥毫万字，一饮千钟。行乐直须年少，尊前看取衰翁。”“山色有无中”，本为王维《汉江》诗句（“江流天地外，山色有无中”）。在欧公词中，境界阔大，与飘逸的豪兴相谐调。苏轼很喜爱这首词，在《水调歌头·黄州快哉亭赠张偓全》词中说：“认得醉翁语，山色有无中。”欧阳修这类词对苏轼豪迈健举的词风有明显的影响。冯煦《蒿庵论词》谓欧公词“疏隽开子瞻”，就是针对此类词而言的。

王国维这里所举的是欧阳修的《玉楼春》词句。这首词抒发的是沉重凄怆的离别之情，离开的是西京洛阳。欧阳修虽然官至参知政事（副宰相），但仕途坎坷，多遭磨难。苦难让他对社会人生有着更真切深刻的认识。《浣溪沙》云：“浮世歌欢真易失，宦途离合信难期。”这种人生体验，无丰富历练者难以道出。在《玉楼春》词中，欧阳修用“惨咽”“肠寸结”等词语将离别之恨表达得很惨烈沉痛。“看尽洛城花”，词人故作放旷豪爽语，却更映衬其离别之悲惨。“人生自是有情痴”二句则从“惜别”这一具体事件上升到对人生普遍性问题的观审：人总是多愁善感，摆脱不了多情之累，人情之悲喜原不关自然的风月。萧散豪放的胸襟和沉郁深邃的感慨相结合，正是王国维所谓“于豪放之中有沉着之至”，这在当时晏殊、晏几道、张先等词人的词作中是难得一见的，故而王国维称赞其“尤高”。

王国维批欧阳修《蝶恋花》（面旋落花）云：“字字沉响，殊不可及。”沉响也有“沉着”意，值得参看。欧阳修《蝶恋花》云：

面旋落花风荡漾，柳重烟深，雪絮飞来往。雨后轻寒犹未放，春愁酒病成惆怅。　枕畔屏山围碧浪，翠被华灯，夜夜空相向。寂寞起来褰绣幌，月明正在梨花上。

如果把这首《蝶恋花》和上面的《玉楼春》相比，抒情之沉着二者是相近的；但胸襟的放旷雄健，则《玉楼春》明显稍胜一筹，正所谓“豪放之中有沉着之致”。

秦观淡语有味，浅语有致

冯梦华《宋六十一家词选·序例》谓[①]："淮海、小山，古之伤心人也，其淡语皆有味，浅语皆有致。"余谓此唯淮海足以当之。小山矜贵有余[②]，但可方驾子野、方回[③]，未足抗衡淮海也。

〔注释〕　① 冯梦华：即冯煦（1843—1927），字梦华，号蒿庵，江苏金坛人。官至安徽巡抚。他编选的《宋六十一家词选》是晚清比较流行的一部宋词选。其中的《例言》后又移录为《蒿庵论词》。② 小山：即晏几道（1048？—1113？），字叔原，号小山，晏殊第七子。在北宋的政治倾轧中仕途舛背，沉沦下僚。然因为是名相之子，不乏富贵气，也多冶游狎邪之作。③ 子野：即张先（90—1078），字子野，吴兴（今属浙江）人。41 岁中进士，曾官安陆县知县、尚书都官郎中，曾因三词妙用"影"字，世称"张三影"。王国维对其评价偏低。方回：即贺铸（1052—125），字方回，号庆湖遗老，卫州共城（今河南辉县）人。官至朝奉郎。有《庆湖遗老集》传世。

〔导读〕　冯煦大致与谭献同时代，他的词学理论借助他编选的《宋六十一家词选》亦传播甚广。值得一提的是，虽受到常州词派周济的影响，但他能泯去门户之见，对于北宋词南宋词的不同特点和成就，都能给予充分的认识。他尤其推重冯延巳，这与王国维是相同的。这一则所引冯煦语，是品评秦观、晏几道的词，将二人相提并论，谓二人为“古之伤心人也”。但是明显认为在“淡语有味，浅语有致”这点上，小晏比不上秦观。

晏几道和秦观年岁相仿，都生活于北宋党争日趋激烈的时期。晏几道为宰相晏殊之子，才华出众，他具有贵介公子磊落狂放、桀骜不驯的性格，但八九岁时，父亲去世，家道开始中落，这种性格的贵胄子孙并不为新旧党派所容，因此“陆沉于下位”。晏几道的词，除了一般的男欢女爱、绮罗脂粉外，还寄寓着个人遭际坎、怀才不遇的感慨。冯煦大约是从这个角度说他是“古之伤心人”。

秦观出身不及晏几道之高贵，但早年也颇为自负，志趣高迈，吐属不俗，深为苏轼所器重。但就因为“苏门学士”这一层关系，他被卷入到北宋的党争之中，多次遭贬，远斥于郴州、横州、雷州等瘴疠之地，历尽坎坷，备尝艰辛。说他是“古之伤心人”再恰当不过了。

王国维在这一则里，有意在北宋张先、晏几道、秦观、贺铸之间有所轩轾。他凸显出秦观，置之于其他三人之上。四人之中，王国维对于秦观确有偏爱。

伤心人别有怀抱，秦观因为遭际坎坷，对人生苦难悲剧的洞见要比常人深刻，加之他本来就是个多情人，心境低落，情调哀伤。因此他的词尤工穷愁之言，将人生之“愁”写得深刻而具象，从这一点上说有点儿近似李煜。如《千秋岁》云：“日边清梦断，镜里朱颜改。春去也，飞红万点愁如海。”《减字木兰花》：“困倚危楼，过尽飞鸿，字字愁。”《江城子》：“韶华不为少年留。恨悠悠，几时休。飞絮落花时候一登楼。便做春江都是泪，流不尽，许多愁。”《风流子》：“算天长地久有时有尽，奈何绵绵此恨难休。”均声情悲苦，甚至于“可堪孤馆闭春寒”变为凄厉。秦观的词，不是凭才气“做”出来的，而是心血之呕，是伤心人的哭泣。抒情、抒哀伤之情，是秦观词的基本特征，且能够做到辞情兼称，情中含景，有韵外之致。在忧郁型气质上，王国维与秦观是接近的，王国维的悲观主义人生态度，或许可以从秦观词中获得慰藉，因此他偏爱秦观词，是可以理解的。

但是因偏爱秦观而贬低晏几道、张先、贺铸词，显然又是偏颇的。晏几道词与秦观词的确存在差异。具体来说，晏几道对人生愁恨的体验和表达，没有秦观那么凄切酸楚。几道词多表现与歌女的恋情，多渲染色彩缤纷的梦境，较少直接抒情，而多采用点染手法，营造一种意蕴氛围。相对来说，意境稍显狭小，但这其实也是各花入各眼，小山词幽婉缠绵，也有隽语。冯煦所谓“淡语皆有味，浅语皆有致”，用于品评晏几道词是恰当的。王国维所谓的“矜贵有余”，也切合晏几道词的风格，但不必据此而在秦观和晏几道之间作出高下品第。吴世昌就不同意王国维的这种品第，说：“以小山不足比淮海，静安非知小山者。”

北宋早期词人张先的词写的多是歌儿舞女的生活情态，内容限于酬唱赠答，还没有超越传统花间词写离愁别恨的范围，张先词不入王国维之法眼，那也是可以理解的。但王国维对贺铸的贬抑似乎有点儿过分。不仅在这一则里他对贺铸评价不高，《人间词话未刊稿》中，王国维甚至说："北宋名家以方回为最次。其词如历下、新城之诗，非不华赡，惜少真味。"

贺铸由武士而入词坛，是身份特别的一位北宋词人，他既有侠气飞动的《六州歌头》(少年侠气)，也有柔肠似水的《芳心苦》(杨柳回塘)，英雄豪气和儿女柔情矛盾地集中于一人身上，风格多样，在两宋词史上，贺铸具有承前启后的意义，特别是其悲壮激昂的风格，对辛弃疾的豪放词是有明显影响的。然而王国维却说贺铸为北宋名家之最下者，这是为什么呢？

王国维论文学，强调"真"，强调"人格"和"德性"，赞赏有"超世之致与不可屈之节"的君子(《此君轩记》)，他遗憾贺铸词"少真味"。贺铸的思想的确是比较复杂的，他在仕与隐的矛盾中忍受煎熬，其词作在王国维看来，大约是"于文学无固有之兴味"，而只不过是"为羔雁禽犊之资"的"餔餟的文学，绝非真正之文学"(《文学小言》)。

其实，当我们去读贺铸的词的时候，它里面带给我们的感动一样不逊于小山、少游。王国维论词时的"固执"，有时就表现在这种判断里。当然，这一则主要还是在比较秦观和晏几道。

秦观词境凄婉

少游词境，最为凄婉，至“可堪孤馆闭春寒，杜鹃声里斜阳暮”①，则变而凄厉矣。东坡赏其后二语，犹为皮相②。

〔注释〕　①“可堪孤馆”二句，出自秦观《踏莎行》。②皮相：出《韩诗外传》，谓只看表面现象，未深识内质。

〔导读〕　对于秦观的词，前人有谓“意在含蓄，如花初胎”（周济），他是婉约词的代表。秦观兼善诗、文、词，尤善于词，当时已盛传于歌伎侍儿之口。苏轼“于四学士中最善少游”（叶梦得《避暑录话》卷下）。秦观词“专主情致”，即使是叙“艳情”也“将身世之感打并入”（周济《宋四家词选》）。特别是遭贬谪后，心境悲凉，情思凄怆，所写之词完全是一颗受伤心灵的哀婉低吟，贺裳说他“能曼声以合律，写景极深婉动人”。冯煦《蒿庵论词》说：“他人之词，词才也；少游，词心也。”所谓“词心”，用王国维的话来说就是“真”。王国维格外欣赏“出于离人孽子征夫之口”的真感情、真景物（《文学小言》），因而偏赏秦观词，品其词境“最凄婉”。

秦观贬谪郴州时写的《踏莎行》尤为著名。据释惠洪《冷斋夜话》载：东坡绝爱其尾两句，自书于扇，曰："少游已矣，虽万人何赎！"末尾两句"郴江幸自绕郴山，为谁流下潇湘去"，是秦观就眼前之景而发兴，言外之意是我本退居乡间，以读书自乐，却为什么误入仕途，卷入政治漩涡，遭此厄运而不能重返乡国呢？据《宋史·秦观传》，徽宗初立，秦观被放还，客死于藤州（今广西藤县）。苏轼闻到噩耗时悲叹曰："少游不幸死道路，哀哉！"由此我们可以推测苏轼之爱秦观《踏莎行》之尾二句，是有原因的：一是对秦观惨遭贬谪、客死异乡的不幸的深切同情；二有"同是天涯沦落人"的感慨。苏轼自已对卷入政治风波也有追悔，苏轼《石苍舒醉墨堂》："人生识字忧患始，姓名粗记可以休。"三可能还蕴含着苏轼的愧疚，因为秦观仕途的坎坷不幸，毕竟是因为受苏轼的政治牵连而造成的。正是因为这些原因，苏轼才于秦观《踏莎行》尾二句尤有会心。正如王士祯所说，这是"高山流水之悲，千载而下，令人腹痛"（《花草蒙拾》）。

但是，王国维专门就词本身进行品评，更欣赏"可堪孤馆"二句，他曾品赏这二句是"有我之境"，甚至"凄婉"还不够，要用"凄厉"二字来表示抒情的强度。其实，从"凄婉"这一范畴来看，因之于言"凄"，它明显指向于哀情。"凄婉"，第一要义当然在"婉"，"婉"之体现有的是表现手法，有的是字面词句，有的是结构方式。而"凄"之情则是"情"中偏重偏深的一种，与诗温柔敦厚的“中和”不同，它带有一种“过”的意味。人心原本对“哀情”容易有共鸣，在文字中流露哀凄之意，既是词作者的生命感情的抒发，也容易获得知己的赏识。王国维此处评秦观词言“少游词境最为凄婉。至‘可堪孤馆闭春寒，杜鹃声里斜阳暮’则变而凄厉矣”。从凄婉到凄厉，一线之隔而已。虽然词论家一直提倡词要“雅”，自然包括了“哀而不伤”的要求在内，可是在创作实践中，恰恰是词的“哀感顽艳”，不同于诗的“雅正”给它带来了独特的风貌。“凄”是抒写悲怨之情，寄寓身世感慨。这是秦观词的基本特征。“婉”是“少重笔”（周济《宋四家词选目录序论》）。秦观词中的意象一般不是那么粗重，用的动态性词语也不是那么激烈有力，抒写情感也较少直露宣泄，而是融情于物，营造一种凄迷怅惘的情感氛围，令读者置身于其中而自然地受到濡染。这就是后人评论所谓“情韵兼胜”。

至于“可堪孤馆闭春寒，杜鹃声里斜阳暮”，连续用“孤馆”“春寒”“杜鹃声”“斜阳暮”几个具有浓厚悲凉感的意象叠加在一起，特别是“斜阳暮”，看似重复，却无以替换；再以“可堪”这个表达无可忍受的情绪的词语统领之，情感抒写得怨伤酸楚，镌刻入骨，这就是“凄厉”。

王国维虽曾说过“词之为体，要眇宜修”，但是情至之言，自足感人。秦观此二句的“凄厉”是出于“真感情”“真景物”，因此王国维格外欣赏。

诗词气象相似

“风雨如晦，鸡鸣不已”[①]，“山峻高以蔽日兮，下幽晦以多雨。霰雪纷其无垠兮，云霏霏而承宇”[②]，“树树皆秋色，山山尽落晖”[③]，“可堪孤馆闭春寒，杜鹃声里斜阳暮”，气象皆相似。

〔注释〕　①“风雨”二句，出自《诗经·郑风·风雨》。②“山峻”四句，出自屈原《九章·涉江》。③“树树”二句，出自王绩《野望》。

〔导读〕　气象，是传统诗论的一个重要范畴，是指作品中因作者个性、气质、情感的融贯而呈现出的整体风貌。古人常用“气象”来论书画诗文，常说“气象峥嵘”“气象浑厚”“英雄气象”“气象浑成”等等，一般是指真力弥漫、雄奇伟大、广阔沉雄的审美风格，属于壮美类型，需要主体精神的灌注，才有气象。元人范梈《木天禁语》说：“诗之气象，犹字画然，长短肥瘦，清浊雅俗，皆在人性中流出。”这是点出要害的。没有主体生气流贯其中，何来气象？在前面论李白词的“气象”时，已经略有分疏。

王国维《人间词话》多次用“气象”来论词。这一则指出三首古诗和一首词中所写情景“气象都相似”。

“风雨如晦，鸡鸣不已”二句，写的是在衰乱惨黯的时代里，君子坚守本志，不改其度。其中反映的是主体与客体的冲突，客体物件“不利于吾人意志，意志为之破裂，唯有知识冥想其理念”(《叔本华哲学及其教育学说》)的壮美感情。

“山峻高以蔽日兮”四句所描写的高峻蔽日的大山、阴晦多雨的天空、无边无际的霰雪、滞塞天地的乌云等等，几乎就是将“风雨如晦”进一步铺陈开来，都是相对于诗人主体而过于强大的自然意象，迫使主体知力避开意志的关系，所写之境是“有我之境”，所寓之情是壮美之情。

“树树皆秋色，山山尽落晖”二句，就《野望》诗的主旨来说，借描写山野农家晚景，来呈现诗人返归田园后淡泊怡然的心境，与前面的《风雨》《涉江》的主题是明显不同的。但王国维这里采取摘句品评，仅仅是就“树树皆秋色”而论的。“树树”“山山”，自然景象的壮阔宏大；“落晖”“秋色”，时光流逝，无可挽回，这些都是与主体意志相对立，给主体造成巨大压抑的对象，就像秦观的“孤馆”“春寒”“斜阳暮”一样，都蕴含着主客对立的关系，是“有我之境”，是“壮美之情”，因此王国维谓之“气象皆相似”。

这则里面，王国维列举从《诗经》再到《楚辞》继而五言律再到词，景物描写的大小有分别，但正如他自己说的“境界有大小，不以是而分优劣”。他以“气象”贯之，指出它们“相似”，这同时又是尊词体的一个行动落实。

东坡气象

昭明太子称陶渊明诗“跌宕昭彰，独超众类；抑扬爽朗，莫之与京”[①]。王无功称薛收赋“韵趣高奇，词义旷远，嵯峨萧瑟，真不可言”[②]。词中惜少此二种气象，前者唯东坡，后者唯白石，略得一二耳。

〔注释〕 ① 昭明太子：即南朝梁之萧统（501—531），字德施，小字维摩，南兰陵（今江苏常州）人。梁武帝长子，早卒，谥昭明。主持编撰前代诗文为《文选》传世。陶渊明（约365—427）：字元亮，号五柳先生，东晋著名文学家。曾官彭泽县令，后弃官隐居，入宋后改名潜，世称靖节先生。有《陶渊明诗文集》传世。② 王无功，即王绩（589—644），字无功，号东皋子，绛州龙门（今山西河津）人。隋末举孝廉，除秘书正字。后弃官还乡，放达自适，躬耕东皋。有《王无功集》传世。薛收此赋已不传，难窥其貌。

〔导读〕 这一则里说到的“气象”，承前面几则而来，也是一种补充。先看他所举的两个例子：

梁昭明太子萧统是陶渊明的后代知音。在当时大多数人还不能欣赏陶渊明田园诗的平淡美，而萧统的《陶渊明集序》已对陶渊明的人格和诗品作出很高的评价，指出陶渊明的诗文，情感起伏跌宕，语言清明爽朗，风力雅健，富有感染力；陶渊明的人格，真率旷达，恬然淡泊。这是超越流俗之见，为时人所不可比拟。

苏轼更是引陶渊明为知己，特别是遭遇政治挫折，贬斥荒蛮后，“地偏心远似陶潜”(《远楼》)，陶渊明是他“尚友”的古人，从陶渊明的人生中苏轼得到信念上的支撑，在品读陶渊明的诗文中苏轼的心灵得到慰藉，达到“我即渊明，渊明即我也”(苏轼《和东方有一士·自注》)的息息相通。苏轼人格精神的萧散超然、放达闲逸，也有陶渊明的影子。

王国维论文学非常重视人格，曾把陶渊明与苏轼相提并论，尊其人格自足千古。在这一则里，王国维称赞苏轼词也可略见如陶渊明诗那样“跌宕昭彰”“抑扬爽朗”的气象，这不仅仅是论苏轼词雄健劲拔、放逸纵横的豪放风格，更是从人格论角度考察苏轼和陶渊明的一致性。王国维赞美古人君子有“超世之致，与不可屈之节”(《此君轩记》)，这种超拔挺立的人格，陶渊明和苏轼都是具备的。陶渊明是将“其胸中潇洒之致、劲直之气”一寄于诗；而苏轼的豪放词也正是“其胸中潇洒之致、劲直之气”的寄寓，因此两者“气象”相似。

王绩的评语，联系王国维其他的话来看，大约是格调、趣韵高奇的意思。《人间词话》多称姜夔词“格调高”“格韵高绝”。戈载《七家词选》说：“白石之词，清气盘空，如野云孤飞，去留无迹。其高远峭拔之致，前无古人，后无来者，真词中之圣也。”与北宋词多富贵气、脂粉气不同，姜夔词中的意象，多是幽冷疏隽、清空高远的，如“数峰清苦，商略黄昏雨”(《点绛唇》)，“二十四桥仍在，波心荡，冷月无声”(《扬州慢》) 等，超越浮华俗世，胸中无烟火气，笔下无半点尘。这也就是王国维所称赏的“韵趣高奇”的气象。

不过，《人间词话未刊手稿》第 48 则曰：“东坡之旷在神，白石之旷在貌。白石如王衍，口不言阿堵物，而暗中为营三窟之计，此其所以可鄙也。”值得参看。如此一联系，王国维推重北宋贬抑南宋就在在可见了。

词之雅、郑

词之雅、郑，在神不在貌。永叔、少游虽作艳语，终有品格。方之美成[①]，便有淑女与倡伎之别。

〔注释〕　①方：比。美成：周邦彦（1056—1121），字美成，自号清真居士，钱塘（今浙江杭州）人。官太学正、庐州教授等。后提举大晟府，制作新声。王国维曾撰《清真先生遗事》。其集有罗忼烈编撰《周邦彦清真集笺》。

〔导读〕　雅，即“正”，指典正的音乐；郑，是俗乐，甚至淫邪之音。自先秦始，“雅”和“郑”就是一组相对的理论范畴，分别指雅正和淫俗两种不同的风格。就诗歌来说，孔子尚雅正、斥“郑卫之音”的原则，一直影响着后代，形成崇正黜邪的批评标准。而“词”相对来说束缚要小一些，因为“词”本来就发源于民间俗乐，流行于歌馆楼台之中，传唱于歌儿舞伎之口，词比诗要卑俗。轻绮艳丽本来就是文人词的基本风格，所以词不妨用艳语，不妨为“艳词”。只是，从南宋开始，对“雅”词的要求就日益见出。朱彝尊在《词综》（发凡）中说：“言情之作，易流于秽。此宋人选词，多以雅为目。”

用艳语，难免落入淫邪；不用艳语，则不合乎词家体例。这是作词的难处，后代论者多强调作词要处理好雅正和俗艳的度。王国维这里提出“词之雅郑，在神不在貌”，在理论上将“雅俗”论推进了一步。他贬斥的是淫俗在貌。何谓淫俗“在貌”？借用王国维《红楼梦评论》的话来说就是“眩惑”。所谓“眩惑”，就是没有触及人生的本质、世界的本相，而是局限于对生活欲望的表面性描写，其结果是欲讽反劝、抱薪救焚、导欲增悲。

何谓“雅郑在神”呢？也就是“作艳语”而“终有品格”的意思。欧阳修有不少反映男女恋情的诗歌，大多数都不鄙亵，不直露，侧重于情感心态的袒露，其主人公有采莲女，有新嫁娘，形象鲜明，情感健康，语言疏朗，风格明丽。能写真感情，真景物，因而说有品格。秦观词写男女恋情，写离别之恨，多是寄寓自己科场失意、仕途坎坷的悲苦情怀，而不重于艳情本身的摹写。周济说秦观“将身世之感，打并入艳情”(《宋四家词选》)，与晚唐五代所谓“鬓乱钗垂，梳堕印山眉”(和凝《江城子》)、“奴为出来难，教郎恣意怜”(李煜《菩萨蛮》)的性爱暗示，还是有“雅郑”之别的。

王国维对于周邦彦词专门下过功夫，曾撰著《清真先生遗事》。对于周邦彦词，王国维既称赞其摹写物态之妙和音律之美，又批评他“多作态，故不是大家气象”(批《词辨》)。

这一则里所谓“淑女与倡妓之别”也有“多作态”的意思，淑女之美在情真，倡妓之美在貌媚，其美是“作”态。刘熙载《词概》说：“余谓论词莫先于品，美成词信富艳精工，只是当不得个‘贞’字。”这可能影响到王国维对周邦彦的评价。

周邦彦 32 岁以后离开京城，教授庐州、荆州，知溧水，历时约十年。除此之外，他的仕途是较为畅顺的。因此，周邦彦那些流连歌台舞榭的应歌赠伎之作，既不同于欧阳修、秦观之寄身世感慨于艳词，也不同于柳永赠妓词“同是天涯沦落人”的自道悲怨，多只是浮薄浪荡子的斜邪冶游生活的写照。因此，南宋时张炎就批评周邦彦的一些艳词“为情所役”，“失雅正之音”，“淳厚日变成浇风也”（《词源》下）。刘熙载讽其不“贞”“旨荡”，王国维比之“倡妓”，都是针对这类没有多少主体怀抱的寄寓和涵容，只纯粹写轻艳儇薄、狎妓征欢的作品而发的。王国维在《人间词话未刊稿》中说：“艳词可作，唯万不可作儇薄语。”艳词而有真情，不失为“雅”；“儇薄语”则是“眩惑”，无真情灌注，只能是“郑卫之音”了。

周邦彦不失为第一流作者

美成深远之致，不及欧、秦；唯言情体物，穷极工巧，故不失为第一流之作者。但恨创调之才多，创意之才少耳。

〔导读〕　此则劈头说到“深远之致”，“深远”通常是从思力运意的角度说的。上一则对周邦彦词进行了批评，这一则接上一则的话头，说到周词比不上欧秦词“深远”的长处，但是这一则主要是称赞周词的优点的。“言情体物，穷极工巧，故不失为第一流之作者”，这个品评探骊取珠，抓住了周邦彦词的艺术特征，同时也和王国维的美学思想一致。王国维《古雅之在美学上之位置》说：“苟其人格诚高，学问诚博，则虽无艺术上之天才者，其制作亦不失为古雅。……虽中智以下之人，不能创造优美及宏壮之物者，亦得由修养而有古雅之创造力。”王国维美学思想中的“古雅”美和周邦彦词的风格很是贴合。

周邦彦“言情”之“工巧”，从《少年游》词可窥一斑：

并刀如水，吴盐胜雪，纤指破新橙。锦幄初温，兽香不断，相对坐吹笙。　低声问：向谁行宿？城上已三更。马滑霜浓，不如休去，直是少人行。

单从词的内容看，大体就是写一位女子留情人歇宿。上片写冬夜闺阁对坐，下片纯用女子之言构成，几笔即勾画出娇媚多情的女子情态。特别是“马滑霜浓”，郑重殷勤。又如《满江红》之“枕痕一线红生玉”，《蝶恋花》之“唤起两眸清炯炯，泪花落枕红绵冷”，均属善于形容佳人睡起之态。

周邦彦词“体物”之工巧，历代为人称道。宋人强焕《题周美成词》赞其“模写物态，曲尽其妙”。此话与王国维之“穷极工巧”一脉相承，王国维后面有一则称赏《苏幕遮》“叶上初阳干宿语，水面清圆，一一风荷举”能得荷花之神理，态度也是一致的。

周邦彦词，善于采前人诗语，櫽栝入律，浑然天成。如《少年游》“并刀如水”四字，是括杜甫《戏题画山水图歌》“焉得并州快剪刀，剪取吴淞半江水”两句而成的；“吴盐胜雪”四字，櫽栝李白《梁园吟》“吴盐如花皎白雪”句。《瑞龙吟·章台路》全词是櫽栝唐诗人崔护的《题都城南庄》，翻旧曲而能别出新意。

至于王国维说周邦彦“创调之才多，创意之才少”甚为遗憾，与周邦彦的经历也是息息相关的。周邦彦 62 岁时提举大晟府，虽然时间仅一年，但与诸人讨论古音，审定古调，增演慢曲，讲究音律精美，对于词乐的发展贡献很大。南宋词人大量制作慢词，都是延续周邦彦的道路走下去的。周邦彦慢词远多于柳永，且更为讲究音律，因此王国维说他“创调之才多”，至于批评周邦彦词“创意之才少”，或谓周词题材狭窄，立意不高，在思想意旨上可称道处不多。

词忌用替代字（一）

词忌用替代字①。美成《解语花》之“桂华流瓦”，境界极妙，惜以“桂华”二字代“月”耳。梦窗以下②，则用代字更多。其所以然者，非意不足，则语不妙也。盖意足则不暇代，语妙则不必代。此少游之“小楼连苑，绣毂雕鞍”所以为东坡所讥也③。

〔注释〕　① 替代字：是不直接说，而是用一个相关的词语来替代，绕着说。② 梦窗：即吴文英（1207？—1269？），字君特，号梦窗，又号觉翁，四明鄞县（今浙江宁波）人。一生未第，终身游幕于江浙。有《梦窗词集》传世。③《高斋词话》载：坡又问：“别作何词？”少游举“小楼连苑横空，下窥绣毂雕鞍骤”。东坡曰：“十三个字，只说得一个人骑马楼前过。”

〔导读〕　这一则的影响可谓深远，后人推崇五代北宋词、贬抑南宋词时常抬出王国维的这则词论。

词从燕乐而来，流行于歌台舞榭，出于伶人之口，在宴酣酬酢间即兴助乐，因此宜雅俗共赏，明白如话。唐五代北宋初的词，确实少用替代字。但随着词体的文人化、案头化，词人为了摆脱陈腐熟套，因奇见巧，同时也是“婉约”的需要，于是替代字增多了。其中的一个关捩，就是北宋后期的周邦彦词，用替代字情形明显增多。

事实上，这种情况在诗歌历史上也是有的。汉魏诗歌少用典故，从两晋以后典故日益繁富，甚至“句无虚语，语无虚字”。有识之士面对这种情况，自然会提出相关论断。王国维强调反对用替代字，他的《人间词》，语言清新明丽，就是对自己主张的实践。词本来是比诗更为俗俚、接近口语的一种体制，清代词人多学南宋，在词的文人化道路上越驰越远，追求词作的典雅深邃，多用替代字，王国维这里所论或许是有现实针对性的。他欣赏的是言情沁人心脾、写景豁人耳目、其词脱口而出的自然美，因此对“替代字”是排斥的。并且他说“意足不暇代，语妙不必代”，认为用代字是词人表达能力不强的表现。

不过针对这则的说法，其实不可绝对化，典故并非一概要不得。毕竟诗词贵隐贵曲，尤其是词，“要眇宜修”，运用恰当的典故，除了具有新奇巧妙的效果外，还能够丰富诗词的意蕴，增强诗词的形象性。好的替代字，可以起到加深诗词美感的作用。古人并非一概否定典故，只是认为不宜硬嵌，应该是“水中著盐”，而不是水面浮油，更不是金屑迷眼。特别是若不当替代字看，意思可通；领会了替代字的另外一层，则意蕴更为悠远，这就是达到用“替代词”的上乘功夫了。

就王国维所批评的周邦彦《解语花》之“桂华流瓦”来

看，似乎也不宜轻易否定。《解语花》上片是周邦彦回忆都城元宵节“花市光相射”的情景。其中写月云：“桂华流瓦。纤云散，耿耿素娥欲下。”用“桂华”代指月光。传说月中有桂树，古人诗词常将“月”与“桂”联系起来。因此“月光照瓦”，也可以说“桂华流瓦”。但王国维说不该用替代字，不该用“桂华”代“月”。想来是过于苛刻了。“桂华流瓦”四字，“桂华”比“月”更具有形象性，意蕴更丰富，易勾起人的联想。

诗词贵隐曲朦胧，忌直露径质。若直言说破，往往索然无味。若用替代字用得适当，就具有蕴藉含蓄之妙，特别是以具象可感、便于直观的字面代替抽象的字面，效果更佳。当然若用之不当，则便成哑谜，流于晦涩。完全否定这种借代的修辞手法，又非确论。

至于王国维提及苏轼讥嘲秦观“小楼连苑，绣毂雕鞍”，揣度苏轼本意，不是讥嘲秦观用借代字，而是批评秦观这二句景象过于堆垛，雕饰过于繁缛。“小楼”和“连苑”，“绣毂”和“雕鞍”，都是重复堆垛景物；毂曰“绣”，鞍曰“雕”，都浓艳得化不开，这是温庭筠词的笔法。苏轼自为词“句句警拔，诗人之雄”（《与陈季常》），当然不喜欢这种浓艳堆垛的词句。他的《永遇乐》“燕子楼空，佳人何在，空锁楼中燕”，虽则用典，但化用无痕，确实高妙。

民国蔡嵩云《柯亭词论》说：“谓词必须用替代字，固失之拘；谓词必不可用替代字，亦未免失之迂矣。”可谓通达之论。

词忌用替代字（二）

沈伯时《乐府指迷》云[①]："说桃不可直说破'桃'，须用'红雨''刘郎'等字；说柳不可直说破'柳'，须用'章台''灞岸'等字。"若惟恐人不用代字者。果以是为工，则古今类书具在[②]，又安用词为耶？宜其为《提要》所讥也[③]。

〔注释〕　① 沈伯时：即沈义父（约1237—1243在世），字伯时，号时斋，吴江人。著《乐府指迷》一卷，论词以周邦彦为宗。② 类书：是指古代按门类编纂材料的资料书，如《艺文类聚》《太平御览》等。用于帮助诗词创作的有元代严毅《诗学集成押韵渊海》、林桢《联新事备诗学大成》等。③"《提要》所讥"句：《四库全书总目提要》批评"不可直说破"云云道："其意欲避鄙俗，而不知其转成涂饰，亦非确论。"

〔导读〕　这与前一则关系极为紧密，为何词中出现替代字现象越来越多，其实和某些词论家的提倡也是息息相关的。沈义父（字伯时）论词说"凡作词当以清真为主"，就是认为周邦彦词是正宗，作词就要学周邦彦词。在这则中提到沈义父总结的“不可直说”原则，算得上是对周邦彦及南宋词人技法的一个总结。

用“红雨”形容桃花飘落，始于李贺《将进酒》“桃花乱落如红雨”句，李贺此句描写盛艳之陨落，具有强烈的视觉效果，确实为秀句。但是后代的文人词中便频繁使用“红雨”以代指桃花，如欧阳修《虞美人影》“寂寂花飘红雨”；晁补之《少年游》“红雨掩衡门”；周邦彦《蝶恋花》“须记取桃花，几度吹红雨”，又《过秦楼》“匀染梅风，地溽红雨”，又《虞美人》“不须红雨洗香腮”；蔡伸《青玉案》“桃花依旧，出墙临水，乱落如红雨”等等不一而足。本来一个新颖奇妙的意象，如此重复运用以后，反而显得庸腐熟套，造成读者的审美疲劳，并没有我们读李贺诗心头一亮的新奇。特别是“红雨”只是形容“桃花乱落”，若要描写桃花盛开时，用“红雨”就很不恰当，所以就意义本身来说，“红雨”并非可以无条件地代指桃花。

“刘郎”代指桃，本是《幽明录》的一则故事。汉明帝永平五年，剡县刘晨、阮肇共入天台山，粮尽饥馁，采山上桃子充饥，后遇见仙女。刘禹锡《元和十一年自朗州承召至京戏赠看花诸君子》曰：“玄都观里桃千树，尽是刘郎去后栽。”用此典算是恰当的，加之他本人姓刘，用此典令人会心一笑。可是宋代词人咏桃花甚至咏梅花时，也都反复使用“刘郎”这个典故，就会有生硬拼凑之感。“章台”“灞岸”之于“柳”也是一样。韩翃曾咏过“章台柳”，唐人有“灞岸”折柳赠别的习俗，但并非说凡咏柳，不问情思意旨，都可乱贴“章台”“灞岸”，特别是这些替代字反复使用后，反而阻隔了意象的直观性显现。

沈义父“说桃不可直说破”云云，说得太绝对，如此一来填词近乎作哑谜，过于拘泥死板，显然是片面的，不能作为创作的原则，王国维的批驳是有道理的。但我们也应该意识到沈义父的初衷是在强调作词应该委婉含蓄。他的《乐府指迷》第一则就说：“用字不可太露，露则直突而无深长之味。”重含蓄隐约，忌直露突兀，这是符合词体的审美特征的。同时我们也要知道，宋代词话中的“代字”论，与当时的诗歌理论不无关系。宋人论作诗用字提出“禁体物语”（叶梦得《石林诗话》），“诗言其用不言其名”（惠洪《冷斋夜话》）等条条框框。相传欧阳修因雪会客赋诗，禁用玉、月、梨、梅、练、絮、鹭、鹄、鹅、银等体物语，宋人传为佳话。如此一来，作家只有向典故、“代字”一条窄胡同里钻，消极避忌体物语，演变成积极追求“替代字”。

《四库全书总目提要》批评沈义父的说法“不知转成涂饰，亦非确论”，王国维赞同其评。

周邦彦词得荷之神理

美成《青玉案》词[①]："叶上初阳干宿雨，水面清圆，一一风荷举。"此真能得荷之神理者。觉白石《念奴娇》《惜红衣》二词犹有隔雾看花之恨。

〔注释〕 ①"叶上初阳"数句，为周邦彦《苏幕遮》词句，王国维误为《青玉案》。手稿也为《青玉案》。

〔导读〕 这一则王国维称赞周邦彦的咏物词生动如在目前，前两则说咏物不需用替代字，周邦彦写荷就是直接将"荷"字入词，正好印证前两则所言。

周邦彦虽算不上王国维心目中的第一流作者，但是王国维对于周邦彦和他的《片玉词》都下过工夫，对周邦彦词的评价也较为中肯。他肯定强焕《清真词序》论周词"模写物态，曲尽其妙"。"曲尽其妙"四字可以移用来解释这一则的"真能得荷之神理者"。虽然经过"宿雨"的摧残，但是早晨的太阳抚平了宿雨的痕迹，在粼粼的水面上，微风轻拂，荷叶舒展婀娜，荷花亭亭玉立，清醇天然，呈现出旺盛的生命力。从"荷"这一"个象"，读者可以获得对于自然生命本相的纯粹直观，这就是“荷之神理”。这几句不用典故，不作重笔渲染，而是简笔勾勒，浑厚而有意致。樊志厚《人间词乙稿序》说：“美成出，始以辞采擅长，然终不失为北宋词人者，有意境也。”“一一风荷举”并没有辞采秾缛之弊，却能形神兼备，的确是有意境、有韵味。也难怪俞陛云《唐五代两宋词选释》评价周邦彦词：“叶上”三句笔力清挺，极体物浏亮之致。

王国维所举姜夔的《念奴娇》《惜红衣》都是抒写徜徉于吴兴荷花中的兴致。然《惜红衣》本不算咏荷词，这首词着意不在于咏物，而是借咏吴兴荷花营造一种凄凉的氛围，为下面抒发故国黍离之悲作铺垫。词中唯“红衣半狼藉”一句道着，还是用典，化用唐诗人赵嘏《长安秋望》“红衣落尽渚莲愁”句。王国维举这个例子来批评姜夔，其实是不公正的。就整首词来看，姜词的深沉感慨，是周邦彦词所缺少的。至于《念奴娇》咏荷花，直接描绘不多，正是用了大量替代字，形象不够鲜明，相比于周邦彦《苏幕遮》之咏荷，姜夔词的确是“犹有隔雾看花之恨”。

姜夔词非专门之咏物，或许描摹不切，然其特点正在不即不离，清空而不质实，咏物而不滞留于物。不能盲从王国维“隔雾看花”的批评而轻视姜词。

这一则已经透露出后面论词“隔”与“不隔”的消息。

东坡、章楶咏杨花

东坡《水龙吟·咏杨花》①，和韵而似原唱；章质夫词②，原唱而似和韵。才之不可强也如是！

〔注释〕　① 苏轼《水龙吟·次韵章质夫杨花词》："似花还似非花，也无人惜从教坠。抛街傍路，思量却是、无情有思。萦损柔肠，困酣娇眼，欲开还闭。梦随风万里，寻郎去处，又还被，莺呼起。　不恨此花飞尽，恨西园、落红难缀。晓来雨过，遗踪何在？一池萍碎。春色三分，二分尘土，一分流水。细看来，不是杨花，点点是离人泪。" ② 章质夫：即章楶（jié）（1027—1102），字质夫，建州浦城（今属福建）人。先后知庆州、渭州，后除同知枢密院事。存词二首。章楶《水龙吟·杨花》："燕忙莺懒芳残，正堤上、柳花飘坠。轻飞乱舞，点画青林，全无才思。闲趁游丝，静临深院，日长门闭。傍珠帘散漫，垂垂欲下，依前被、风扶起。　兰帐玉人睡觉，怪春衣、雪沾琼缀。绣床渐满，香球无数，才圆却碎。时见蜂儿，仰粘轻粉，鱼吞池水。望章台路杳，金鞍游荡，有盈盈泪。"

〔导读〕　"和韵诗不必作，和韵词尤不必强作"，这是历代词论家的通论。因为和韵一来受到主旨的限制，原作可能是有感而发，但和作必然是命题作文，即便是有感，往往也不是即目兴会；二来和韵还有用韵的限制，这就是难上加难了。因此很少有优秀的和韵词，苏东坡这首词却是和韵的翘楚。

苏轼的《水龙吟》是“次韵”，不仅押章楶原词的韵，而且是依次押原词的韵脚字，难度不可谓不大，然而这首《水龙吟》却广为历代论家称道。李攀龙在《草堂诗余隽》中说此词如虢国夫人不施粉黛，“一段天姿，自是倾城”。王国维亦曾反复称颂苏轼人品高、才气大，是他心目中的“文学天才”。这首“次韵”词，至少确证了这位文学天才的才气。

章楶原词咏杨花，善于点染“柳花飘坠”之态，苏轼此词首句“似花还似非花”，刚一点醒就随即撇开，后文更在“非花”上生出情致，这就是常说的“起手高”，不受原词所窘。仅仅就起句看，“质夫便合让东坡一头地”（张炎《词源》卷下）。“似花”，故随着春深而会坠落；“非花”，故而“无人惜”，任凭其坠落。然而苏轼在一个“惜”字上做文章。“无情有思”，值得怜惜。上片苏轼写杨花，不同于章楶之摹写形态，而是“遗貌取神”，独出新意，尤为高妙。“柔肠”“娇眼”，既切合柳条、柳叶之形态特征，更赋予杨柳以“神情”。“寻郎去处”等句，进一步将杨花比拟为娇酣的美人，花而人，人而花，传其“有思”。下片里诗人才出场，“以我观物”，由杨花之飞舞拓开去写惜春之情，而又始终未游离开去，真正做到若即若离，形神兼备，意蕴深远。

再看章楶原词中的杨花，“全无才思”，是无生命、无意识之物。章楶用侧面点染和正面摹态相结合，描写“柳花飘坠”的情景，其中只“傍珠帘散漫，垂垂欲下，依前被、风扶起”数句，稍有远致。章楶词中的“玉人”和“杨花”是相互外在的，只因为杨花沾满春衣绣床，才兴起“玉人”怀春惜别之情。总体来看，章楶词虽然在当时广为人称赏，但其写杨花，尚较“黏”着，重在赋形而无传神之妙。

王国维在这里说苏轼和韵而似原唱，意谓虽然是戴着镣铐的舞蹈，依然能够行云流水，运化自如；章楶原唱而似和韵，是因为他咏物而黏着于物色。“论画以形似，见与儿童邻。赋诗必此诗，定非知诗人。”苏轼此诗所讽之尚“形似”，正可移用来品评章楶原唱。

咏物词

咏物之词，自以东坡《水龙吟》为最工。邦卿《双双燕》次之[①]。白石《暗香》《疏影》，格调虽高，然无一语道着，视古人“江边一树垂垂发”等句何如耶[②]？

〔注释〕　① 邦卿：即史达祖（1163—1220？），字邦卿，汴（河南开封）人。一生未仕，曾做过韩侂胄的幕僚，韩败后，受黥刑，穷困而死。《宋史》定为奸臣。《双双燕·咏燕》：“过春社了，度帘幕中间，去年尘冷。差池欲住，试入旧巢相并。还相雕梁藻井。又软语、商量不定。飘然快拂花梢，翠尾分开红影。　芳径。芹泥雨润。爱贴地争飞，竞夸轻俊。红楼归晚，看足柳昏花暝。应自栖香正稳。便忘了、天涯芳信。愁损翠黛双蛾，日日画阑独凭。”②“江边”句为杜甫《和裴迪登蜀州东亭送客逢早梅相忆见寄》诗句。

〔导读〕　这一则还是接着上一则在谈咏物，但加了史达祖、姜夔进来。而且承前依旧标举东坡，此则中，王国维赞史达祖《双双燕》之“工”仅次于《水龙吟》，评价不可谓不高。对于姜夔的《暗香》《疏影》，王国维则认为其“格调虽高，但无一语道着”。这里的“无一语道着”，若联系后面几则中的“隔”与“不隔”来看，就是静安先生所谓的“隔”。而杜甫的“江边一树垂垂发”形象鲜明，则“不隔”。

论及咏物，应不黏不脱，不即不离，寓意于物而不可留滞于物，以形传神，离形得似。张炎说：“诗难于咏物，词为尤难。体认稍真，则拘而不畅，摹写差远，则晦而不明。”（《词源》卷下）苏轼《水龙吟》遗貌取神，词中的杨花与抒情主人公“物我相融”，幽怨缠绵，情意绵深，历代论者均交口称赞。史达祖擅长咏物，尤其是《双双燕·咏燕》，堪称咏物佳品、咏燕绝唱，甚至博得“体物之工，古今第一”的称誉（祝南《无庵说词》）。苏轼《水龙吟》所咏之杨花，本为静物，词人赋予其神情，“无情”而“有思”。史达祖笔下的燕子，可谓有情有思。春天来了，双燕是重回尘冷的旧巢，还是乔迁雕梁藻井？“软语商量不定”。“欲”“试”“又”“还相”等虚词将双燕的心情神思细致摹出。燕语呢喃，在红楼少妇眼中，都是情话。“飘然快拂花梢”等句，细腻描绘出春天中的双燕的轻俊自由的身影和亲昵温柔的意态。而这一切，都是从红楼少妇的眼中看出，同时也反衬出少妇“画阑独凭”的孤独寂寞和“翠黛双娥”的惆怅凄苦，落脚在言情。如此咏物，了然在目，生动传神，又能摇曳荡开，别生意致。

姜夔《暗香》《疏影》二词，也是咏物词的佳章，为后人所喜爱。关于这二首词的主旨，后人曾有过各种猜测，甚至牵涉到徽、钦二帝和后妃之事，王国维呼吁文艺的“独立之价值”，对于“历代诗人多托于忠君爱国劝善惩恶之意，以自解免”（《论哲学家与美术家之天职》）而无纯粹美术上之兴趣，是深为不齿的。因此对于姜夔这两首词，王国维没有从主题上去考虑，而是专门就其“咏物”的问题来谈。

姜夔词幽韵冷香，清醇雅致，正如王国维所谓“格高”。这《暗香》《疏影》二词，撇开后人附会的寄托不说，一般谓其借咏梅以怀人，不过所怀对象空蒙隐约，难以实指，其中咏梅之形神，如“苔枝缀玉，有翠禽小小，枝上同宿”，将枝头梅花比作小小翠禽，尤为新颖奇妙；二词中大量用与梅花相关的典故，像何逊官扬州作《咏早梅》，陆凯“折梅逢驿使”等，均较为工稳贴切，所以这两首词能博得后人的称赏。

但是《疏影》词中“昭君不惯胡沙远，但暗忆、江南江北”，咏梅而牵扯到昭君忆江南，与梅花本身是毫无关系的。如此用典，难说稳当。比较《暗香》和《疏影》两词，《暗香》用典尚为显豁；《疏影》几乎句句用典，且均深僻生涩，“无一语道着”若专指《疏影》，则是恰当的。

王国维还举出杜甫《和裴迪登蜀州东亭送客逢早梅相忆见寄》为例，杜诗“江边一树垂垂发，朝夕催人自白头”，不用僻典，即景抒情，称得上是言情沁人心脾，写景在人耳目，用语如出其口，其疏畅清朗，与《疏影》之堆砌故实而又暗昧不明形成鲜明的对照。

写景病在“隔”

白石写景之作，如“二十四桥仍在，波心荡、冷月无声”[①]，“数峰清苦，商略黄昏雨”[②]，“高树晚蝉，说西风消息”[③]，虽格韵高绝，然如雾里看花，终隔一层。梅溪、梦窗诸家写景之病，皆在一“隔”字。北宋风流，渡江遂绝，抑真有运会存乎其间耶？

〔注释〕 ①“二十四”数句，出自姜夔《扬州慢》。②“数峰”二句，出自姜夔《点绛唇》。③“高树”二句，出自姜夔《惜红衣》。

〔导读〕 这一则也是针对姜夔词的。上一则评价咏物词时提到了姜夔的名作咏梅词《暗香》《疏影》，这一则开头摘取姜夔著名的词句。

姜夔词“格韵高绝”，这是历代人对姜夔词较为普遍的共识。这里的“格”前面解说《人间词话》“有境界则自成高格”时已有论及，这里对“韵”略作解释。韵，本义为和谐悦耳的声音。诗文评中的“格韵”大体是宋元以来诗词创作中一种自觉的审美追求。方东树在《昭昧詹言》中说“韵者，态度风致也，如对名花，其可爱处，必在形色之外”，因此若说“格”相对质实，重在精神力量的劲健，那么韵则相对空灵，重在对诗文的品与味，言近旨远，含蓄不尽，即所谓“韵致”。“格韵”与创作者的主观志气密切相关。与“韵”相联系的范畴，还有“气韵”“神韵”等，那是对创作作品中生气沛然、郁勃不尽、摇曳生姿的概括。张炎说姜夔词“不惟清虚，又骚雅，读之使人神观飞越”（《词源》卷下）；周济《介存斋论词杂著》说：“白石词如明七子诗，看是高格响调，不耐人细思。”“不耐人细思”，就是韵味不足，显然含有不满之意。但是“高格响调”，是抓住姜夔词特点的。姜夔词情感隐得很深微，不径直言情；几乎没有繁缛浓艳的外在铺陈描写，而注重点染烘托，虚处传神；描绘清远幽妙、飘逸疏隽的意境，不沾人间烟火气，因此王国维说其“格韵高绝”。

但是王国维这一则词话的重心是在后半句，是说姜夔、史达祖、吴文英等南宋著名词人“写景之病，皆在一‘隔’字”，特别举出姜夔《扬州慢》《点绛唇》《惜红衣》等词中写景之句，谓其“如雾里看花，终隔一层”。《扬州慢》是姜夔最著名的词作之一，被称为“有《黍离》之悲”。其中“二十四桥仍在，波心荡、冷月无声”，意谓昔日繁华的遗迹依在，但却已笼罩着一层悲凉凄清的气氛。波曰“心荡”，冷月曰“无声”，是拟人化。《点绛唇》词抒写漂泊不定的孤苦，上片中飘荡无踪的燕雁和黄昏时阴云惨淡的山峰的“清苦”，都是失意文人眼前堪悲的景象。“商略”二字，是拟人化手法，有“酝酿”意，略显突兀，但是景象还是鲜明的。《惜红衣》是词人夏时游吴兴睹“红衣狼藉”而生“故国”之感，其中“高树晚蝉，说西风消息”，也是用拟人化的手法，写夏末的蝉从西风中已预感到凉凉的秋意，寄托着词人在偏安江南一隅的时势中的那种日薄西山的危亡意识。

上面这三首词，都是盛为传唱的姜夔名篇，王国维却批评其中三句“如雾里看花，终隔一层”，揣其意思，谓这种拟人化手法，既不同于“有我之境”之外物濡染主体色彩，也不同于“无我之境”之静态直观，而是在“拟人”的同时，将这些个别事物背后的理念遮蔽了，没有呈现出物色的本相，月之“声”、蝉之“说”、峰之“商略”之类，既非词人情感的寄予，也非宇宙自然本相的呈现，故而说如“雾里看花，终隔一层”。

不过，我们对此要抱着审慎的眼光来看待。王国维从自己的审美趣味出发，对姜夔词如此责全求备，是难以令后人信服的。从传统文艺审美观念来看，“二十四桥仍在”等词句，都是经过词人精心锤炼，写景细致微妙，且融汇入词人的情思，达到情景交融，富于意境。读者联系南宋时势和姜夔个人情怀，对这种意境会有真切体会的，并没有“雾里看花”的迷蒙感，至于姜夔抒情不径直，不草率，往往是寄意题外，包蕴无穷，那是符合传统诗词审美原则和特点的，也并没有“隔”的缺憾。

王国维又说：“梅溪、梦窗诸家写景之病，皆在一‘隔’字。”在另一处，王国维用“凌乱碧”来品评吴文英词，其意与张炎所谓“梦窗如七宝楼台，眩人眼目，碎拆下来，不成片段”差不多。吴文英词多用替代字，难免晦涩，辞藻雕琢繁缛，特别是多用色彩词，具有强烈的视觉冲击，而又没有浓郁深厚的情感融贯其中，因此给人的印象是片锦断金，显得凌乱，王国维谓之“隔”，是恰当的。清人将他捧得很高，甚至于说“词家之有文英，如诗家之有李商隐”（《四库全书总目·〈梦窗词〉提要》），吴文英词之故实曲隐、浓艳繁缛，的确近似于李商隐诗，但是李商隐诗歌中的情感是深厚诚挚的，这是吴文英许多词作所不及的一点。而史达祖的词，极妍尽态，尤工于炼字造语，但难免尖巧生涩。这可能也是王国维所谓的“隔”。

尊唐五代和北宋，贬南宋，是王国维最基本的词史观。这一则所谓“北宋风流，渡江遂绝”，褒贬态度甚为鲜明。此前王士祯《花草蒙拾》曾将南宋词与唐五代北宋相比，谓南宋词“神韵天然处或减”，然“尽态极妍”，也就是说各有特点，各有妙处。然清人学南宋词者多，学北宋词者少。王国维则反其道而行之，尊尚北宋，贬抑南宋，这与他尊真情、尚自然的文学观是一致的。至于“有运会存乎其间”，虽说是反问，但与他后面提到的“一切文体，始盛终衰”倒是遥遥呼应的。

“隔”与“不隔”

问“隔”与“不隔”之别，曰：陶、谢之诗不隔，延年则稍隔矣①；东坡之诗不隔，山谷则稍隔矣。“池塘生春草”②，“空梁落燕泥”③等二句，妙处唯在不隔。词亦如是。即以一人一词论，如欧阳公《少年游》咏春草上半阕云：“阑干十二独凭春，晴碧远连云，二月三月，千里万里④，行色苦愁人。”语语都在目前，便是不隔。至云“谢家池上，江淹浦上”，则隔矣。白石《翠楼吟》：“此地宜有词仙，拥素云黄鹤，与君游戏。玉梯凝望久，叹芳草、萋萋千里。”便是不隔。至“酒祓清愁，花消英气”，则隔矣。然南宋词虽不隔处，比之前人，自有浅深厚薄之别。

〔**注释**〕 ① 陶：陶渊明。谢：谢灵运。延年：颜延之。② “池塘”句：出谢灵运《登池上楼》。③ “空梁”句：出薛道衡《昔昔盐》。④ 欧阳修《少年游》词通行本作“千里万里，二月三月”，王国维误记。

〔导读〕　王国维论文艺有“第一形式”“第二形式”的区分，第一形式，是指主体与客体对象的关系，可分为“有我之境”“无我之境”和“以我观我”，从审美特征上说是“壮美”和“优美”。一切的艺术，都需要将须臾呈现于吾心的境界表达出来，这种表达方式就是“第二形式”，文学、音乐、绘画、舞蹈、建筑各有其不同的“第二形式”，任何一种成形的艺术除了“第一形式”外，都需要有“第二形式”，王国维曾论及“古雅美”，就是属于“第二形式”之美，“第二形式”是否有利于“第一形式”的呈现？这就是“隔”与“不隔”的问题。如果诗词的艺术表达不够真切生动，阻碍了作者心中境界的呈现，不利于读者通过诗词意象去体会、捕捉诗人的境界，那就是“隔”；反之，诗词的艺术表达适合诗人境界的感性直观，形象鲜明灵动，能直接将诗人心中所得之境呈现于读者目前，就是“不隔”。

王国维在讲述“隔”与“不隔”时，所举的例子有诗有词。比如陶渊明、谢灵运和颜延之相比较，陶诗质朴自然，谢诗虽丽，尚如初日芙蓉，不失真醇；颜延之则雕缛丽辞，堆砌典故，镂金错彩，而本色渐漓。故而说陶、谢不隔，颜延之稍隔矣。苏轼与黄庭坚相比，苏诗如行云流水，随物赋形，文理自然，姿态横生；而黄庭坚讲究“无一字无来处”，讲究夺胎换骨、点铁成金，不仅大量用典，而且显出有意在“做”诗，因而说苏诗不隔，黄诗稍隔。

欧阳修《少年游·咏春草》即景言情，这是不隔。后面用“谢家池上，江淹浦畔”的典故，王国维谓其隔矣。“谢家池上”，指涉谢灵运《登池上楼》“池塘生春草，园柳变鸣禽”；“江淹浦畔”，指涉江淹《别赋》“春草碧色，春水绿波，送君南浦，伤如之何”等句，都是与“春草”有关，且算不上僻典，但是诗词如此用典，调动起来的是读者的智力，而不是读者的直观；典故将读者引向更为久远的历史文本，而诗人心中呈现的境界却不能够有效地传达给读者，故而说“隔”了。词的下片应该“换头”，应该与上片有所变化，欧阳修《少年游》“谢家池上”二句就是“换头”。姜夔词“酒祓清愁，花消英气”，虽用典，然若不当用典看，也很顺畅，意即借酒祛除愁绪，在花丛间消磨英气。然王国维也批评其“隔”，殊为费解，或许出于他对姜夔的偏见。《二牖轩随录·人间词话选》中的这一则将“至‘酒祓清愁，花消英气’，则隔矣”等句删去，显示了王国维后来对姜夔词的品评，态度更为慎重平妥了。

叔本华《作为意志和表象的世界》说：“艺术家让我们通过他的眼睛来看世界。”但是典故却将“我们”引向了另一个文本，而艺术家眼睛中的世界“我们”却看得模糊不清，这就是“隔”。王国维所谓“隔”与“不隔”，说到底是真不真的问题，即能否将“真感情、真景物”真切地呈现于读者的直观中。能就是“不隔”，不能就是“隔”。

王国维的“不隔”说是建立在他的直观论文艺美学基础上的，也可看作王国维对自己“境界说”的一个重要补充。下一则中就分述了“写情”“写景”两种“不隔”的例句。

情、景之“不隔”

“生年不满百，常怀千岁忧。昼短苦夜长，何不秉烛游”；“服食求神仙，多为药所误。不如饮美酒，被服纨与素”：写情如此，方为不隔。“采菊东篱下，悠然见南山。山气日夕佳，飞鸟相与还”；“天似穹庐，笼盖四野。天苍苍，野茫茫，风吹草低见牛羊”：写景如此，方为不隔。

〔导读〕　王国维这一则从写情和写景两个方面举例说明他的“不隔”。使用例句来说明自己的观点是中国古代诗词批评中常见的手法,《人间词话》中亦多见之。这一则开始就用了《古诗十九首》中的诗句来说明写情要如此，方算“不隔”。《古诗十九首》都是漂泊失意、孤栖离居的游子思妇的抒情诗，坦露他们的心态，抒发切己的悲伤。其风格，温厚流丽，悲切深远，且能表达得沁人心脾，以《古诗十九首》作为“言情”而“不隔”的例子，是再恰当不过了。

接下来，又举了陶渊明和北朝民歌来表现写景之“不隔”。“采菊东篱下”是陶渊明《饮酒》诗的名句，陶渊明的田园诗，亲切自然，醇厚疏淡。“采菊”数句是“寓目辄书”“即景会心”式的写景，具有“豁人耳目”如在目前的直观效果。《敕勒歌》是北朝草原牧歌，描写苍茫浩瀚的草原风光，富有浓郁的生活气息，境界恢弘，格调雄浑，为北方民歌的千古绝唱，毫无文人诗写景的安排造作、铺排堆砌，的确担得上王国维所说“写景如此，方为不隔”。

前面王国维标举“境界”，强调情与景本身要“真”，唯写真感情、真景物，才有境界；否则便无境界。“真”与“不真”是关乎诗人能否获得“呈于吾心”的境界。“隔”与“不隔”则是关乎诗人将心中之境界“见于外物”“镌诸不朽之文字”的艺术传达效果的问题。后面有一则词话说：“大家之作，其言情也，必沁人心脾；其写景也，必豁人耳目。其辞脱口而出，无娇柔妆束之态。”所谓“沁人心脾”“豁人耳目”“无娇柔妆束之态”，也就是“境界”的表达能够“不隔”。

王国维的“不隔”说，和他的自然文学观是相一致的，他说纳兰容若“以自然之眼观物，以自然之舌言情”，故而能“真切”，这也就是“不隔”。总之，“如果在一篇作品中，作者果然有真切之感受，且能作真切之表达，使读者亦可获致同样真切之感受，如此便是‘不隔’。反之，如果作者根本没有真切之感受，或者虽有真切之感受但不能予以真切之表达，而只是因袭陈言或雕饰造作，使读者不能获致真切之感受，如此便是‘隔’”（叶嘉莹语）。“不隔”说是王国维文学理论中的精彩部分，是对“境界说”的有力补充。

姜夔词不用力于意境

古今词人格调之高，无如白石。惜不于意境上用力，故觉无言外之味，弦外之响，终不能与于第一流之作者也。

〔导读〕 “格调”这一范畴在前面说到“高格”“格韵”时已经提过，这里还要提一个音乐性的角度，那就是“格律”“音调”。现存白石自度曲17首，旁注工尺，保存至今。他继承了周邦彦对词的音乐性的探索，其词作格高韵雅，一直为后人所喜爱。南宋吴文英、史达祖、王沂孙等人无不或多或少受到姜夔的影响。浙西词派提倡的“清空雅正”词风，就是直接导源于姜夔。一直到晚清时，属于常州词派的冯煦也对姜夔词评价很高。他在《蒿庵论词》中说：“白石为南渡一人，千秋论定，无俟扬榷。”甚至有人把词中姜夔比作诗中杜甫，或说“白石得渊明之性情”（陈锐《褒碧斋词话》）。

论者品评姜夔，一般都是肯定其词格调的清空醇雅。陈廷焯《白雨斋词话》所谓“词格之高，无过白石”，是一种代表性看法。姜夔一生虽然在江南城市中度过，但接触的都是清雅之士，词中所写大多为远离尘嚣的清幽雅致境界，清虚空灵，淡远隽秀，即使涉及歌妓舞女，也是调雅韵高，不涉俗艳。

王国维品评姜夔词，也欣赏其格调之高，但是遗憾姜夔词没有意境。

姜夔词格调之高，在王国维的美学理论体系中，应该属于“古雅”美，是源自作家的“文学上之修养”而使其作品“带有一种典雅之性质”，古雅美是一种艺术美，存在于艺术之中，而不存在于自然，“得离优美、宏壮而有独立之价值”，作家“于古雅之制作物中得其直接之慰藉”（参见王国维《古雅之在美学上之位置》）。王国维说：“姜夔之于词，且远逊于欧、秦，而后人亦嗜之者，以雅故也。”（同上）

王国维在《人间词话未刊稿》中说：“无内美而但有修能，则白石耳。”所谓“内美”，是作家的高尚人格和真切感情，所谓“修能”是指艺术修养。在王国维看来，姜夔词是源于主体艺术修养之高。故而能够做到格调高雅。樊志厚《人间词乙稿序》说：“白石之词，气体雅健耳，至于意境，则去北宋远甚。”“气体雅健”就是格调高的意思，从意境（境界）角度看，王国维说，姜夔词缺少真感情真景物，常常只是涵容着一种意绪，没有深切饱满的情感和主体精神贯穿其中，也就是说从词的“个象”描写中透视不出“人生的实相”，故而王国维说“不于意境上用力”，这里的“意境”，就是王国维的“境界”，而不是传统诗词理论中所谓“情景交融”“含蓄不尽”的意境。

从这个角度说，王国维在这一则中对姜夔词的评价的确称得上公允之论。

辛弃疾词有性情、有境界

南宋词人，白石有格而无情，剑南有气而乏韵[1]，其堪与北宋人颉颃者，唯一幼安耳[2]。近人祖南宋而祧北宋[3]，以南宋之词可学，北宋不可学也。学南宋者，不祖白石，则祖梦窗[4]，以白石、梦窗可学，幼安不可学也。学幼安者，率祖其粗犷滑稽，以其粗犷滑稽处可学，佳处不可学也。幼安之佳处，在有性情，有境界[5]。即以气象论，亦有“傍素波，干青云”之概[6]。宁后世龌龊小生所可拟耶[7]？

〔**注释**〕　① 剑南：即陆游（1125—1210），字务观，号放翁，越州山阴（今浙江绍兴）人。曾入蜀从军几二十年，诗集题为《剑南诗稿》。陆游词作不多，风格徘徊于秦观、苏轼之间。② 幼安：即辛弃疾（1140—1207），字幼安，号稼轩，山东历城（今山东济南）人。力主抗金复仇，气节贞刚，然报国无门，在江阴、江西上饶等地方任职、赋闲，68 岁含恨而逝。其词气势豪迈，风格沉郁，是南宋豪放词之代表。其词集通行本有近人邓广铭编撰的《稼轩词编年笺注》。③ 祖：尊崇、效法。祧：废弃。清代词学，初期重北宋轻南宋，至晚清则都笼罩在南宋词之下。④ 晚清标举梦窗（吴文英）词者，首推朱祖谋。曾数校《梦窗词》，并作《梦窗词集小笺》。⑤ 辛弃疾视词为陶写性灵之具，辛词具有强烈的抒情性，是个性生命、人生境界的真实呈现。⑥“傍素波”二句：萧统《陶渊明集序》：“横素波而旁流，干青云而直上。”形容人品之高洁脱俗。的确，陶渊明是辛弃疾“尚友”的古人，在辛词中一再出现，如“陶县令是吾师”（《最高楼》）。⑦ 龌龊小生：品德卑劣庸俗之辈。

〔**导读**〕　“有格无情”即前面所言“格高”但无境界；“有气乏韵”则近于诗而远于词，所以都比不上北宋词人。陆游是“辛派词人”的中坚，但词作并不多，创造之功也不及辛弃疾。陆游有一部分词作寄慨国事，慷慨激昂，雄健悲壮，气盛言宜，然能放而不能忍，不免声嘶力竭之音，故而王国维说他“有气而乏韵”。

这一则的主旨是在南宋众词人中突出辛弃疾，与王国维批《词辨》时所言“南宋只爱稼轩一人，而最恶梦窗、玉田”云云是一致的。南宋词风基本上可以分为两派：一派是以辛弃疾为首的“辛派词人”，雄浑豪健，即所谓的豪放派；一派是以姜夔、吴文英、王沂孙、张炎等为代表的精工富丽、婉约幽雅，讲究音律，即所谓的婉约派。后代词人基本态度是宗姜、吴、王、张，而抑辛、陆、刘（过）、陈（亮）。

平情而论，姜夔和辛弃疾词代表着两种不同的审美风格，各有其妙趣，各有其可爱之处，读者的审美欣赏，各有所偏好，是无可厚非的；但是文学评论，非要在辛、姜之间分个高低好坏来，总难餍饫人心。

辛弃疾的词，后人一般认为是继承苏轼的豪放风格而凌厉过之，多致贬词。辛弃疾“以文为词”，不仅以词来写景抒情，甚至以词叙故事，发议论，他激越忧愤的精神世界无不可以词写之，所以风格慷慨高爽、豪放宏阔。但正因为嬉笑怒骂一寄于词，因此词中多了谐俗戏谑，也就是王国维所说的“粗犷滑稽”处。这在当时也产生了不好的影响，刘过词就豪放过度，不免粗率俚俗。从清代崇尚清空雅正的词学观出发，对于辛弃疾及其后学的“粗犷滑稽”，当然是不能容忍的。王国维推崇辛弃疾词，并非在他的“粗犷滑稽”，而是他发现辛弃疾词的“佳处”“在有性情，有境界”，即真切深邃的感情，高尚不俗的人格，即下一则所说的“胸襟”。王国维借萧统《陶渊明集序》中“横素波而傍流，干青云而直上”两句来形容独立物表、超拔世俗的人格精神。正是这种精神境界作为“内美”，使得辛弃疾词在南宋词坛上超越众类，卓尔不群。对辛弃疾词的评价，当有一个全面的认识之后才可下定语，万万不可轻随人言，人云亦云。

苏词旷，辛词豪

东坡之词旷，稼轩之词豪。无二人之胸襟而学其词，犹东施之效捧心也[1]。

〔注释〕 ①“东施”云云，即东施效颦。

〔导读〕 在词史上，苏、辛二人并举已为常态。这一则指出苏、辛豪旷词风，乃基于他们的“胸襟”。学苏辛词，若无此胸襟，定然不似。

苏轼开创豪放词风，“一洗绮罗香泽之态，摆脱绸缪宛转之度，使人登高望远，举首高歌，而逸怀浩气超然乎尘垢之外”（胡寅《酒边词序》）。至南宋特殊的环境中，辛弃疾侠气生风，肝胆开张，进一步发展了豪放词风，为宋代及后世词史树立了一种新的美学范式，的确具有“指出向上一路，新天下耳目，弄笔者始知自振”（王灼《碧鸡漫志》评苏轼词）的意义。

苏轼的生命精神，具有孟子的浩然贞刚、庄子的飘逸逍遥和禅学的机趣明彻，忘生死，泯是非，表现出超然放达、雄健劲拔的生命情调，呈现于词风，即王国维所谓的“旷”。胸无滞碍，笔下自然能达。比如“人生如梦，一樽还酹江月”(《念奴娇》),“回首向来萧瑟处，归去，也无风雨也无晴”(《定风波》),“人有悲欢离合，月有阴晴圆缺，此事古难全”(《水调歌头》),“一点浩然气，千里快哉风”(《水调歌头》)等等，无不超拔旷达。难怪刘熙载《词概》说：“东坡词具神仙出世之姿。”

辛弃疾在危难的时势中，满腔报国热血，无处喷洒，激为词中的豪侠之气，如“少年横槊，气凭陵，酒圣诗豪余事”(《念奴娇》),“想当年，金戈铁马，气吞万里如虎”(《永遇乐》),“天下英雄谁敌手？曹刘！生子当如孙仲谋”(《南乡子》)等等，无不是虎虎生风、豪气满纸的英雄本色。刘熙载《词概》论辛弃疾说：“然则其长短句之作，固莫非假之鸣者哉！”辛词是他的“不平之鸣”，王国维以一“豪”字概括之。

苏轼、辛弃疾的豪放词风，后世不乏效颦者。据沈义父《乐府指迷》，当时有不晓音律者，借苏轼、辛弃疾为托辞，“乃故为豪放不羁之语”，这是故作豪放的赝品。正如俞彦《爰园词话》所说，对于苏、辛之词风，学者正可钦佩，不必“反唇”并“捧心”也。反唇相讥和捧心效颦，都不是正确的态度。词中苏、辛，似诗中李白，纵横驰骤，无规矩可学。苏、辛词风，根源于他们的人格精神，出于至情至性。正是因为有人格根基，所以是不可模拟、不可重复的。王国维论文学，强调“感自己之感，言自己之言”(《文学小言》),对于袭貌遗情的“模仿的文学”是深恶痛绝的，讥讽无苏、辛二人的胸襟而徒学其词，犹东施之效颦捧心也。

苏、辛有雅量高致

读东坡、稼轩词，须观其雅量高致，有伯夷、柳下惠之风。白石虽似蝉蜕尘埃，然终不免局促辕下。

〔导读〕　王国维从知人论世的角度，紧接上一则来探讨苏、辛的“胸襟”对词的影响。这一则中的“雅量高致”，本为蒋干评周瑜语，谓周瑜有定志卓识，非言辞所能动。《世说新语》中有“雅量”类，意思是气局宏阔、识度超卓，能不为外物所左右。下面提到的伯夷、柳下惠二人，其中伯夷是殷孤竹君之子，不食周粟，隐于首阳山，采薇自食。柳下惠，即春秋鲁大夫展禽，就是“坐怀不乱”故事的主人公。扬雄《法言·渊骞》中说“夷、惠之徒”“不屈其意，不累其身”。即非以利禄劝，而能持守本志。这一则是属于作家人格论，所谓“雅量高致”，是指超越世俗的、不为外物所动的人格。

在王国维的文学思想体系中，人格论占有重要地位。他非常重视作家的人格，作品的成败高下，是由作家人格决定的。在《此君轩记》中说：“古人君子，其为道也盖不同，而其所以同者，则在超世之致，与不可屈之节而已。”“超世之致与不可屈之节”，正可以用来解释此则的“雅量高致”。

苏轼和辛弃疾词，正是建立在他们高尚伟大的人格基础上。苏轼说：“君子可以寓意于物，而不可以留意于物。”（《宝绘堂记》）“平生学道真实意，岂与穷达俱存亡？”（《吾谪海南，子由雷州被命，作此诗示之》）在坎坷苦难中依然持守心中之道，保持坚贞的人格。难怪王鹏运说“其性情，其学问，其襟抱，举非恒流所能梦见”。至于辛弃疾，虽然屡遭朝廷打击，但依旧是“昂昂千里，泛泛不作水中凫”（《水调歌头》），“道男儿，到死心如铁。看试手，补天裂”（《贺新郎》），挺立起卓荦不群、勇武不屈的人格精神，这是王国维所谓的“雅量高致”，是苏辛词的人格基础。王国维提醒读者，学苏、辛词，不在于词气粗豪，而在于胸襟疏朗豪迈；鉴赏苏、辛词，着眼点应该在他们超拔不俗的人格上。

王国维又拿姜夔与苏辛相比较，谓姜夔看似蝉蜕尘埃间，然而终不免显得局促。所谓“蝉蜕尘埃”，是冰清玉洁的意思，与前面所谓姜夔词“格调之高”，与前人评姜夔词所谓“醇雅”“幽韵冷香”等意思差不多。“局促辕下”，畏首畏尾、掣肘局促的意思。艺术创作需要的是自由挥洒、一空依傍，若有一点的约束限制，都达不到艺术的至境。姜夔词在抒情上遵守传统的“温柔敦厚”“乐而不淫，哀而不伤”的原则，在形式上句琢字炼，极其工巧，然有较多的顾忌和束缚，真性情、真景物写不出来，只是古雅之美。所以这一则又照应了前面评价姜夔的话。

辛弃疾《贺新郎》语语有境界

稼轩《贺新郎》词送茂嘉十二弟[1]，章法绝妙，且语语有境界，此能品而几于神者。然非有意为之，故后人不能学也。

〔注释〕　①《贺新郎》：“绿树听鹈鴂，更那堪、鹧鸪声住，杜鹃声切。啼到春归无寻处，苦恨芳菲都歇。算未抵、人间离别。马上琵琶关塞黑，更长门、翠辇辞金阙。看燕燕，送归妾。　将军百战身名裂。向河梁、回头万里，故人长绝。易水萧萧西风冷，满座衣冠似雪。正壮士、悲歌未彻。啼鸟还知如许恨，料不啼、清泪长啼血。谁共我，醉明月。”

〔导读〕　这一则从《人间词话未刊稿》补入。王国维受其父影响，对书法、绘画有一定的鉴赏力。这里用书画的“能品”“神品”等话头来评辛弃疾词。所谓“章法绝妙”，属于能品；而至于“语语有境界”，则是升为神品了。辛弃疾的这首词抒写离别之恨，层层渲染，层层递进。首三句用叫声悲苦的三种春鸟以点出节候的变化，至春无寻处，芳菲都歇，伤春之情已极。马上转进一层，更悲伤的是人间离别。写离别，也是层层加深：王昭君、陈皇后和庄姜送妾，是贵妇人之离别。李陵别苏武，是一辞永别；而荆轲之慷慨而别，则是一去无归。最后再回到鸟啼。以鸟啼兴起，以鸟啼收束，曲折回旋，故曰章法绝妙。

王国维评论此词“语语有境界”，因为离别是人生的本相。人生处处有别离。别离之恨，是人间悲剧的一个方面。词揭示了这个悲剧，文学是意象性地将人生的实相、生命的本质敞开。这就是有境界。这种境界非苦学而能，非模仿可得；是来自于每个个体在独特的人生境遇中对生命本质的体验，是此情此景里物我相得之一瞬间的“伫兴而就”。

狂狷与乡愿

苏、辛，词中之狂；白石犹不失为狷[1]。若梦窗、梅溪、玉田、草窗、西麓辈[2]，面目不同，同归于乡愿而已[3]。

〔注释〕　①《论语·子路》："子曰：不得中行而与之，必也狂狷乎！狂者进取，狷者有所不为也。"后世常用来衡文论艺。② 玉田：即张炎（1248—1321？），字叔夏，号玉田，又号乐笑翁。寓居临安（今浙江杭州）。有《中山白云词》传世。草窗，即周密（1232—1298？），字公瑾，号草窗，先世济南人，寓居吴兴（今属浙江）。有《草窗词》传世。西麓，即南宋词人陈允平，字君衡，号西麓，四明鄞县（今浙江宁波）人。有《西麓继周集》传世。③《论语·阳货》："子曰：乡原，德之贼也。"原，同"愿"。朱熹《论语集注》说："乡愿，乡人之愿者也。盖其同流合污，以媚于世，故在乡人之中独以愿称。"引申于论艺。

〔导读〕　这一则是借用孔子的人品论来品评宋词人，王国维特别贬抑所不喜爱的南宋诸家。"中行"即中道之人。王国维心目中的词坛"中行"是谁呢？虽然这里没有说，但联系前后相关论述来看，主要是李煜、冯延巳、晏殊、欧阳修、秦观等五代北宋词人。将苏轼、辛弃疾品评为词中之“狂”，尚未得“中道”，显然认为苏、辛二人不足为词坛正宗，可见王国维还是受到传统词学视苏、辛词为“变调”的影响。“狂者进取”，苏、辛二人词不同流俗，本于性情，自出胸臆，别具一格，正是“狂”者品格。姜夔词不作浮华富贵语，不写淫靡卑俗事，清空雅正，如“藐姑冰雪”，算得上是“有所不为”的“狷”士。

但是接下来，王国维批评吴文英、史达祖、张炎、周密、陈允平等南宋词人，虽然面目不同，但是“同归于乡愿而已”。王国维这里取“同流合污以媚于世”的意思，品评吴文英、史达祖等南宋词人品格之卑下，乃至词品也不高。

王国维论文艺非常重视人品，除了我们前面引述他对高尚伟大的人品的称赏外，对于卑污庸俗的人品，他多次予以唾弃。愚蠢地为朝夕之计、一时名利而蝇营狗苟，对于身家性命乃至天下后世毫无顾忌，心偷力弱，无定志、无定见、无是非，都是乡愿的特征。王国维批评南宋诸词人为“乡愿”，也就是说他们的词，没有主体精神人格作基础，没有词人心灵生气的灌注，而仅仅于外在辞藻、典故、音律方面追求奇巧，故而称不上是真正的文学。樊志厚《人间词乙稿序》说：“及梦窗、玉田出，并不求诸气体，而唯文字之是务，于是词之道熄矣。”值得与这一则联系起来看。诗词要植根于主体的人格精神、胸襟怀抱。“不求诸气体，而唯文字之是务”，就是无定见、无是非的“乡愿”。

清人学南宋，一般是就词体技巧的精湛、风格的雅正而言的，很少触及人格。当然也有人认识到南宋词的弊端，如宋尚木就说过："词至南宋而繁，亦至南宋而敝。"但敝在何处？在王国维看来，这个"敝"，最根本的原因是人格精神的缺失、主体精气的疲弱。

当然，以人品来论定词品，是有一定片面性的。南宋词人，正如王国维所说"面目不同"，各有特色，衰乱危亡的时代在他们的词中也烙下了印迹，他们在词体的艺术探索上尽管各有其弊，但也各有其得，并且对于清代词学理论和创作发生了较大的影响。王国维在这一则中的一概否定，不是客观中正的批评态度。

词之品格

周介存谓“梅溪词中喜用‘偷’字，足以定其品格”。刘融斋谓“周旨荡而史意贪”。此二语令人解颐。

〔导读〕 这则引用周济和刘熙载的词论，并表示赞同，“令人解颐”四字，也提醒读者，这里的“偷”和“荡”不是原意，需要站在词评的角度去看，才得其意。

过去论者多将这句话理解为表明周济对于史达祖人品的鄙夷，这是片面的，从周济的原话的上下文来看，这里的“品格”侧重指词品。“偷”是古代文论中的一个范畴。皎然《诗式》最早提出偷语、偷意、偷势的“三偷”的说法，“偷语最为钝贼”，“其次偷意，事虽可罔，情不可原，若欲一例平反，诗教何设”，“其次偷势，才巧意精，若无朕迹”。对于“偷势”，皎然是给予肯定的，批评的是“偷语”“偷意”，也即因袭摹拟，不能翻新变化。宋代诗学讲究夺胎换骨，对于“偷古人句”是很鄙视的。史达祖的词，因袭模仿，在个别尖新字上求巧求奇，就是周济所谓的词品“偷”的意思。王国维论诗强调“感自己之感，言自己之言”，对于这种“偷”，自然是不满意的。再回到梅溪词中用“偷”之处，其实用在“千里偷催春暮”时，这个“偷”将春天无声的脚步写得活灵活现。但“偷”字天然带有小巧、轻微的细腻之感，所以多用“偷”字，自然境界不高。境界不高，当然不得王国维的青眼了。

刘熙载论诗词强调雅正和“温柔敦厚”。他批评周邦彦的一些赠妓应歌之作，抒写男女艳情的词，其实没有多少真感情，写得不过是浮薄男子与青楼女子短暂邂逅而已，难免涉于艳亵，有佚荡污淫之失，因此说“旨荡”。刘熙载又说周邦彦词“当不得一个‘贞’字”。“贞”，即“正”，不够温柔敦厚，不能得“性情之正”。“荡”字作为诗文理论术语，最著名的是梁简文帝萧纲所谓“立身先须谨重，文章且须放荡”(《诫当阳公大心书》)。萧纲的话本来是说写文章应该摆脱束缚，任意挥洒才行。但后世论者批评诗人放荡无检束，肆意狂放，甚至直露地写艳情，都属于“荡”。

所谓“史意贪”，与人品无关，虽然刘熙载《词概》原话说“未得为君子之词”，但依然是指词品，而不是人品。意思是说，史达祖的词贪多爱好，多堆砌藻彩，隶事用典，尖新求巧。周济《介存斋论词杂著》论史达祖词“极妍尽态”，这四个字，移用来解释“史意贪”，是非常恰当的。不能一看到“贪”，就联想到“贪心”之类的人品问题。

这一则中很明显看出，王国维词论与周济、刘熙载词论之间的继承关系。

吴文英词

介存谓“梦窗词之佳者，如水光云影，摇荡绿波，抚玩无极，追寻已远”[①]。余览《梦窗甲乙丙丁稿》中[②]，实无足当此者。有之，其“隔江人在雨声中，晚风菰叶生秋怨”二语乎[③]？

〔注释〕 ① 见周济《介存斋论词杂著》。周济对吴文英评价甚高。然吴文英词之芜杂，甚不合王国维的审美理念。②《梦窗甲乙丙丁稿》：即吴文英词集《梦窗词甲乙丙丁稿》四卷，补遗一卷。③“隔江”二句，为吴文英《踏莎行》词句。

〔导读〕 这则中又一次引用了周济的话。周济曾编《宋四家词》，选了周邦彦、辛弃疾、吴文英、王沂孙四人，第三个就是吴文英。不过，王国维对南宋词一直持贬抑的态度，因此对吴文英词中符合周济说的“追寻已远”的颇有韵致的词作，表示几乎没有，但也并未完全否定，引用了“隔江人在雨声中”。

《人间词话》这一则所引周济“如水光云影，摇荡绿波”的话，正是对张炎“质实”之讥而发的，谓吴文英词空灵疏淡，并不质实。所谓“抚玩无极，追寻已远”，即无穷的味外味，值得细细沉吟，反复玩味。王国维对周济的这一褒赞提出异议，认为吴文英词，除了《踏莎行》中的两句外，其他均不足以当此高誉。王国维不喜爱吴文英词，下一则所谓“映梦窗，凌碧乱”，还是延承张炎“七宝楼台”“不成片段”的贬词。

再看吴文英的《踏莎行》。这首词上阕写梦中所见，意象绮错秾丽，下阕写梦后之感，凄清孤寂，有转换变化之妙。词中所写本为端午节的情景，末二句却说：“隔江人在雨声中，晚风菰叶生秋怨。”在春尽须惜时分，词中抒情主人公孤零零一人面对晚江春雨，虽不是秋天，心头却隐隐萌生浓浓的秋怨。秋与春的时刻错乱，正透视出主人公伤春怀远的悲凉意绪。这首词相对来说，要明朗疏淡得多，具有涵泳不尽的余味。故而王国维说周济“水光云影，摇荡绿波，抚玩无极，追寻已远”之评，唯可用于此二句。

张炎、吴文英词

梦窗之词，余得取其词中之一语以评之，曰："映梦窗，凌乱碧。"①玉田之词，余得取其词中之一语以评之，曰："玉老田荒。"②

〔注释〕 ①"映梦窗"二句：出自吴文英《秋思耗》词。②"玉老"四字：出自张炎《祝英台近》。

〔导读〕 这一则属于印象式的品评，是摘词人自己的词句来品评，且均嵌入词人名号，虽为巧妙，然不免模糊笼统，须联系其他相关论述方能领会其意。梦窗"凌乱"，承上一则的论说，大约就是张炎所谓"如七宝楼台，眩人眼目，碎拆下来，不成片段"的意思。不过，对梦窗词的评价，要谨记不能片面。

比较巧合的是，接下来王国维就评价了张炎的词，"玉老田荒"。这可以结合他在其他处对张炎词的评价："朱子谓：梅圣俞诗不是平淡，乃是枯槁。余谓草窗、玉田之词亦然。"(《人间词话未刊手稿》第33则）又如："白石尚有骨，玉田则一乞人耳。"(眉批《词辨》)

这里所谓"枯槁"，所谓"乞人"，与"玉老田荒"意思相近，即充满叹老嗟卑，充满衰飒之气。

虽然张炎词有浮浅滑易之作，也有作品工于字面而显得空洞，但是，他经历过赵宋亡国和家世衰落，词中多寄予着身世之感和亡国之恨。就拿这首《祝英台近》来说，“玉老田荒，心事已迟暮。几回听得啼鹃，不如归去，终不似旧时鹦鹉”，山河易主，满目皆非，故国往事不可追怀，故而词人心灰意冷，意绪消极悲痛，这种哀而思的“亡国之音”，是张炎词的基本格调，也是其艺术魅力所在，往往能博得有着相似遭际的读者的喜爱，并不能够轻易地以“乞人”“枯槁”“玉老田荒”等品评一笔抹倒。当然，张炎只是蜷缩在一隅里作寒蛩之鸣，他并没有上升到对人生、对命运问题的深邃洞察，思想境界并不高蹈。但像王国维这样的苛责，也难免唐突古人。

王国维对于张炎的贬抑，可能受到周济的影响。在《人间词话未刊手稿》里，他引录周济《词辨》评论张炎词所谓“终觉积谷作米，把缆放船，无开阔手段”，“只在字句上着功夫，不肯换意”等话，显然是有所认同的。周济、王国维对于张炎的贬抑更是直接针对清代词坛之弊而故作矫枉过正之论。

王国维对一个词人的评价是有现实针对意义的，推而广之，不惟王国维，许多时候的评论可能都针对一定的时代背景，惟其立得高，方能看得远，才可见全貌。

纳兰容若塞上词

“明月照积雪”[①]，“大江流日夜”[②]，“中天悬明月”[③]，“黄河落日圆”[④]，此种境界，可谓千古壮观。求之于词，唯纳兰容若塞上之作[⑤]，如《长相思》之“夜深千帐灯”、《如梦令》之“万帐穹庐人醉，星影摇摇欲坠”差近之。

〔注释〕 ①“明月”句出谢灵运《岁暮》。②“大江”句出自谢朓《暂使下都夜发新林至京邑赠西府同僚》。③“中天”句出自杜甫《后出塞》之二。④“黄河”句出自王维《使至塞上》。⑤ 纳兰容若：即纳兰性德（1655—1685），字容若，号楞伽山人，满洲正黄旗人。康熙十五年进士，系武英殿大学士明珠长子，曾两次出塞，康熙二十一年秋，出使梭龙；又曾因吴兆骞久戍绝塞，他力赎吴还。边塞苍茫雄奇的景象进入他的诗词，结合着少年意气，使他的边塞词“嵚崎磊落，不啻坡老、稼轩”（徐《词苑丛谈》）。有《纳兰词》传世。

〔导读〕 纳兰容若，清代满族词人。原名成德，字容若，号楞伽山人。这一则里，王国维毫不掩饰对纳兰词的喜爱。不仅《人间词话》里对纳兰大加褒扬，他自己的《人间词》

也有学纳兰的痕迹。

此则一开始选用谢灵运、谢朓、杜甫、王维的四句名句，然后说“此种境界，可谓千古壮观”。这“千古壮观”的“境界”就是前面所谓“境界有大小”一则境界之“大”者，属于“宏壮”之美、“阳刚之美”。就词这种诗体的基本特征来说，本是出于伶工檀口皓齿，香艳婉丽，柔弱绮美，后来即使由伶工之词变为士大夫之词，这种既定的婉约美范型依然是词审美风格之正宗。北宋时期，有过边塞生活体验的范仲淹在《渔家傲》词里描绘辽阔雄奇的边塞景色：“塞下秋来风景异，衡阳雁去无留意。四面边声连角起。千嶂里，长烟落日孤城闭。”这是宋词中少有的宏壮美景象。若将边塞诗归为一大类，与之相对的边塞词却是少得可怜。这或许与词人到边关的机会较少有关，当然更与词本身的体式特点有关。虽然数量少，但也有精品。到了清代，纳兰容若的词中有一部分就是边塞内容，比如王国维提到的《长相思》和《如梦令》，是纳兰于康熙二十一年三月扈驾至山海关时所作，其中“夜深千帐灯”句，“万帐穹庐人醉，星影摇摇欲坠”等句，描写边塞雄浑壮阔的夜景，边塞与星空一样浩瀚辽阔，星空下穹庐密布，灯火通明，在如此苍茫景象中，诗人豪兴飞动，然也最易动情，于是思乡之情油然而生。这种边塞风景在整个词史上的确是较为罕见的，读起来，似乎耳边生风。王国维欣赏这种“宏壮”之美，发出“千古壮观”的赞叹。樊志厚《人间词乙稿序》称纳兰性德“可谓豪杰之士”。在王国维心目中，纳兰容若词是本朝第一。

纳兰容若之自然

纳兰容若以自然之眼观物，以自然之舌言情。此由初入中原，未染汉人风气，故能真切如此。北宋以来，一人而已。

〔导读〕 王国维的“境界说”，真景物、真感情是很重要的要素。这则中提到纳兰时说到的“自然”两字，也不可轻轻放过。“自然”，是古代文学评论的重要范畴，钟嵘《诗品序》提出“自然英旨”，李白所谓“清水出芙蓉，天然去雕饰”(《古风》)，形象地展现了自然美。自然美与镂金错彩的雕饰、字斟句酌的锻造、锥心钻肾的冥搜都不相同，而是伫兴而就，遇物辄书，率真直寻。王国维这里说纳兰性德“以自然之眼观物，以自然之舌言情”，也就是能写真景物真感情的意思，其“自然”二字，既与传统诗词理论中的“自然”范畴一脉相承，也附着了康德、叔本华哲学的新意义。所谓“自然之眼”“自然之舌”，就是叔本华所谓的“认识着的纯粹主体，明亮的世界眼”，完全摆脱意志的劳役，撤销自己的主观偏见，而以纯粹的直观，直透宇宙人生的本相。顾贞观说：“容若词，一种凄惋处，令人不能卒读，人言愁我始欲愁。”正是说纳兰性德词道出了人类普遍的悲哀。

纳兰容若出身于贵族之家，身为大学士明珠之子，又任康熙帝侍卫，且是生活在日益隆盛的康熙朝，但是词风却“悲凉顽艳”，近似于南唐李璟、李煜二主。承平年代，纳兰的生活大体是顺遂的，但读他的词作，可以看到这个朝气蓬勃的年轻生命一再发出对人生命运问题的深邃叩问：“不道兴亡，命也岂人为”(《南歌子》)，“自古青蝇白璧，天已早安排就”(《霜天晓角》)，“慧业从来偏命薄”(《湘灵鼓瑟》)，“高才自古难通显”(《金缕曲》)。一个涉世未深的青年，心头承载着如此沉重的负担，穿越繁杂浮华的现实表面，去思考关于人生意义的问题，难道是“天启”？王国维是运用叔本华的“天才”理论来认识纳兰性德的：纳兰性德不必多阅世，他具有明亮的世界眼，是认识着的纯粹主体，是“普照世界的太阳”，因此能将“亿万过去的、现在的、未来的人们在由于永远重现而相同的境遇中曾遇到的、将感到的一切”通过“词”艺术地呈现出来。因此王国维在这里特别强调纳兰性德的“自然”，说他没有濡染汉人风气，还保存着一颗“赤子之心”。

与纳兰同时的陈维崧、朱彝尊、王士祯，后来的蒋春霖、项鸿祚等词人虽然都享有盛誉，可惜均不得王国维青眼。纳兰性德的确是清代词坛上的“天才”，特立独行，卓尔不群。而且他的特立独行，恰好对了王国维的胃口。细看来两人对词的态度几乎是相同的，纳兰的创作和王国维的词学理论都可对应。比如，清词坛盛行长调，纳兰词则小令占绝对多数，王国维更喜小令；清代词人普遍学南宋，纳兰则学唐五代北宋，王国维恰好对这一时期极为推崇；清词多追求绮丽雅致，纳兰则明白如话，天真自然，王国维也崇尚这样的理念。词史上的纳兰性德是性情中人，营救吴兆骞一事，传为千古佳话。读纳兰性德的词，几乎听见那颗纯真的、敏感的、年轻的心灵跳动的声音。

纳兰性德词风近于南唐五代，是后人的共同看法。说纳兰专学南唐五代是不错的，但纳兰与《花间》之秾艳绮错决不相似。但是，王国维说纳兰性德之所以是天才词人，是由于他“初入中原，未染汉人风气”，这不能让人赞同。且不说“汉人风气”四字太为偏颇，单说纳兰性德未沾染词人习气，未被“文学上之习惯”扼杀天性，那是可以的；若说纳兰“未染汉人风气”，那怎么能将汉文学系统中的“词”写得如此高妙？且与事实也不相符。纳兰性德的确具有诗人的天赋，但他的诗词成就与后天的读书、阅历还是有着必然的联系。特别是他“好观北宋之作，不喜南渡诸家”，这种取舍态度和他的词风之间是相一致的。据谢章铤《赌棋山庄词话》卷七所述，纳兰性德曾说：“《花间》之词如古玉器，贵重而不适用。宋词适用而少贵重。李后主兼有其美，更饶烟水迷离之致。”纳兰对李后主可以说异代同情，千古一心，那么，王国维又何尝不是呢？

五代词之所以独胜

陆放翁跋《花间集》，谓："唐季五代诗愈卑，而倚声辄简古可爱。能此不能彼，未可以理推也。"《提要》驳之，谓："犹能举七十斤者，举百斤则蹶，举五十斤则运掉自如。"其言甚辨。然谓词必易于诗，余未敢信。善乎陈卧子之言曰："宋人不知诗而强作诗，故终宋之世无诗。然其欢愉愁苦之致，动于中而不能抑者，类发于诗余[①]，故其所造独工。"[②]五代词之所以独胜，亦以此也。

〔注释〕　① 类：大抵，大都。诗余：即词。自宋人就有视词为"诗人之余事"的观念，称词为"诗余"。② 陈卧子：即陈子龙（1608—1647），初名介，字卧子、懋中，号大樽。南直隶松江华亭（今属上海）人。曾任绍兴推官，后抗清殉国。有《陈子龙集》传世。

〔导读〕　陆游跋《花间集》，说唐末五代诗卑俗，而词简古可爱。然四库馆臣对于陆游此论不以为然，辩驳说诗高词卑，作诗比作词更难，唐末五代人学力有限，故而作诗不及初盛唐，唯擅长较为容易的词。对于此种解释，王国维不能信服。他置疑说："谓词必易于诗，余未敢信。"词与诗，孰难孰易？的确是一个难以回答的问题。先不说难易，诗词本身就是各有特点的。

李清照的《词论》品评当世词人后，作一语"词别是一家"扣住词的"分五音，又分五声，又分六律，又分清浊轻重"的音乐性并在写作上加以约束，要言之，乃铺叙、重典、情致、故实等数种。所谓"别是一家"，是一种对于词的独特体式的觉醒。近雅而又不远俗，才是好词。

王国维说"五代词之所以独胜"的原因是什么呢？明末陈子龙的话被引用来解释。陈子龙解释宋词之兴，说宋诗"言理而不言情"，人的欢愉愁怨之情总是存在的，压抑不了的，总是需要发泄的，于是通过词这种形式抒发出来，造就了词体之盛。但是，我们稍加思索，将这个逻辑推理扩展去解释五代词之独盛，其实很是牵强。因为唐末五代的诗歌并非"言理而不言情"。王国维似乎也看到这个推论的问题，故而有意删去了"其为诗也，言理而不言情"一句，突出强调"欢愉愁苦之致，动于中而不能抑"是造成五代词独盛的原因，与他重视词的抒情性，强调"不平则鸣"的文学观念是相一致的。但是将"五代词之所以独盛"仅仅归结为"欢愉愁苦之致，动于中而不能抑"，也不够全面。

其实，词这种文学体制在唐末五代趋于兴盛，应该是多方面原因综合的结果。近人刘毓盘在《词史》中以树木为喻，写词之发展："句萌于隋，发育于唐，敷舒于五代，茂盛于北宋，煊灿于南宋，剪伐于金，散漫于元，摇落于明，灌溉于清初，收获于乾嘉之际。”词的发展有一个在民间孕育，由文人发展提升的过程。晚唐五代时，文人普遍爱好填词，本来已显示生机的词体，在文人手中获得极大的提高、升华。晚唐五代从社会环境来说，是个特定的时代，城市商业经济的发展，市民阶层的扩大，上层贵族纵情声乐，文士生活的娱乐化，等等，都促使“词”这种适应城市文化消费形式的文体的兴盛。胡乐和华夏音乐相互吸收借鉴而形成的燕（宴）乐，隋唐以降日益流行，词就是随燕乐而起的一种音乐与文学相结合的艺术形式。此外还有其他方面的原因，总之，不是“欢愉愁苦之致，动于中而不能抑”简单一句就可解释得了的。

词在五代之“盛”，后世少有异辞。但是，词是否五代“独”盛？实不尽然。这其实是王国维个人的词史观。他评批《词辨》时说：

予于词，五代喜李后主、冯正中，而不喜《花间》；宋喜同叔、永叔、子瞻、少游，而不喜美成。南宋只爱稼轩一人，而最恶梦窗、玉田。

在《人间词话》的其他部分，王国维还说过“北宋风流，渡江遂绝”，“唐五代北宋之词，可谓生香真色”之类的话。很明显，与他的“始盛终衰”文学史观相一致，对于词史，他称赏唐末五代北宋词，贬斥南宋词，唯独辛弃疾除外。王国维的词作，也是与五代北宋为近。

放在清代的词学史上来看，王国维这种尊北宋贬南宋的词学观，是独特的，甚至是偏执的。清代词学多尊南宋，如朱彝尊就推崇姜夔，有“词至南宋始工”的论断，郭麟《灵芬馆词话》誉为“不易之论”。乾隆、嘉庆年间，浙西派主张学词从玉田（张炎）入手，常州派强调从碧山（王沂孙）入手。清季词学，王鹏运学碧山、东坡，郑文焯学白石（姜夔）、耆卿（柳永），朱祖谋学梦窗（吴文英）、清真（周邦彦），况周颐学梅溪（史达祖）、方回（贺铸），基本上是取径南宋。王国维则反其道而行之，对于被时人所宗奉的姜夔、吴文英、史达祖、王沂山、张炎，给予苛刻的贬斥。当然，这只是王国维个人的品位爱好，不足以成为文学史定论。王国维论词，更偏重于词的抒情性特征，对于词的音律技法较少关注。而词呢，“北宋盛于文士，南宋盛于乐工”，在“艺”与“技”两者之间的确各有偏擅，因此王国维的这种偏好，也是可以理解的。另外，联系创作来看，王国维留下的一百余首词，小令占绝对多数。“小令宜师北宋，慢词宜师南宋”（朱彝尊《鱼计庄词序》），这是历代词家的共同认识，连朱彝尊都这么说，那么，王国维论词偏好北宋，是很自然的。

不过，龙沐勋《研究词学之商榷》引张孟劬语，说王国维“晚年亦颇自悔少作”。1925 年，王国维答应重新出版《人间词话》时，给陈乃乾写信，其中也强调“但发行时，请声明系弟十五年前所作”。如果真的存在这种“自悔少作”的心情的话，可能是晚年作为学者的王国维，觉得早年自己的词学评论，在南北宋词的轩轾上，还是不够审慎的。但因为《人间词话》的广为传诵，王国维的这些观点还是影响了很多人，也因此，我们在对待词的时候更要有自己的判断。

一切文体，始盛终衰

四言敝而有楚辞，楚辞敝而有五言，五言敝而有七言，古诗敝而有律绝，律绝敝而有词。盖文体通行既久，染指遂多[1]，自成习套[2]。豪杰之士，亦难于其中自出新意，故遁而作他体，以自解脱。一切文体所以始盛终衰者，皆由于此。故谓文学后不如前，余未敢信。但就一体论，则此说固无以易也。

〔**注释**〕　① 染指：谓从事于某种文体的写作。② 习套：习惯，格套。

〔**导读**〕　这一则可以说是王国维文学史观的重要组成部分，它是从文体论的角度揭示出一切文体都存在“始盛终衰”的命运。与此相对应的，是中国文学史上的“复古”思潮，尤其是明代前后七子的大力推举，“文必秦汉，诗必盛唐”一时风头无两，厚古薄今，其实内里就是因为相信文体“始盛终衰”，所以当是古为优，今为劣。但对这一问题，王国维早有自己的思考。他在《宋元戏曲史自序》中提出：“凡一代有一代之文学。楚之骚、汉之赋、六代之骈语、唐之诗、宋之词、元之曲，皆所谓‘一代之文学’，而后世莫能继焉者也。”当然，在王国维之前，焦循就说过“一代有一代之所胜”，对他有所启发，但王国维此论更是他自己对于文学史现象的独特总结。他研究戏曲，致力于元曲，对于明清以后的戏曲评价偏低；研究词，主要用心于宋人之词，褒扬五代北宋而贬斥南宋，都蕴涵着“一代有一代之文学”和“始盛终衰”的历史判断。

为什么任何一种文体都会生“敝”？王国维的解释是，文体通行既久，文人染指遂多，形成习套，后来者即使是豪杰之士，若从事此文体创作，也难以摆脱这个习套。文体习套，是平庸者的温床，却是天才的陷阱，束缚住文学家舒展个性的创造精神。所以《人间词话未刊手稿》第十二则，说：“社会上之习惯，杀许多之善人；文学上之习惯，杀许多之天才。”文体一旦形成“习惯”“习套”，其生命力就日益枯竭了。所以明万历年间的袁宏道疾呼“独抒性灵，不拘格套”(《叙小修诗》)。顾炎武解释诗文之所以不得不变时说：“一代之文，沿袭已久，不容人人皆道此语。今且千数百年矣，而犹取古人之陈言，一一而摹仿之，以是为诗，可乎？”这也是对沿袭既久，而产生的习套惰性的警觉，与王国维所论，值得并读。

“始盛终衰”，不是悲观的历史没落论。穷则变，一种文体之“衰”，恰好是在为另一种新文体的诞生、兴盛孕育着土壤。当有“豪杰之士”觑定一种富于新机、哪怕还很稚弱的新文体，“以自解脱”“自出新意”时，一个文学的新时代就到来了。所以，“始盛终衰”的文学史观，体现出对创造力，对摆脱依傍、自我创新的精神的召唤。

“始盛终衰”中蕴涵的革新精神，是值得肯定的，但是对于这个命题不可看得过死，南宋之词、明清之曲，真的是“终衰”吗？好像不能如此武断。如果这一论断成立，何以到了清代词又大兴呢？王国维推崇的纳兰容若不就是清人吗？再拿小说来说，中国古典小说发展历史漫长，从时间上来说，《红楼梦》也算得上是古典小说史的“终”了，至少不是“始”，但王国维不是也称赞它为“绝大的著述”吗？

此外，从这一则中我们也可看出《人间词话》是站在文学史的高度去看待词的，而非仅仅囿于词，而且从“律绝敝而有词”可以看出，静安先生的尊词体的意识是很强的，在他眼里，词自然是正统的，是《诗经》《楚辞》至近体诗之后当仁不让的文学样式。

词有题而词亡

诗之《三百篇》[1]《十九首》[2]，词之五代、北宋，皆无题也。非无题也，诗词中之意，不能以题尽之也。自《花庵》《草堂》每调立题[3]，并古人无题之词亦为之作题。如观一幅佳山水，而即曰此某山某河，可乎？诗有题而诗亡，词有题而词亡。然中材之士，鲜能知此而自振拔者矣。

〔注释〕　①《三百篇》：指《诗经》，凡305篇，先秦时多称《诗三百》。汉人尊之为经，然历代不乏视之为诗，以诗的眼光读《诗经》，王国维此时称之为“诗之《三百篇》”，也是视之为诗，而非“经”。② 汉末无名氏作五言古诗，《玉台新咏》系之傅毅等名下，萧统《文选》统称为《古诗》，凡十九首。③《花庵》：即《花庵词选》，二十卷，宋人黄昇编辑。《草堂》：即《草堂诗余》，二卷，宋何士信编辑。

〔导读〕　题目与诗词本身在很多时候是紧密联系为一体的，然而此则中王国维将两者分开，并用比较决绝的口气揭明两者之间相互对立。其实王国维此论主要是针对那种相题而作的创作现象而发。创作讲究灵感，而神观飞跃之际，往往信手拈来，此时当不会有现成的诗题在前，而是先有作品，然后补上题目。很多时候，作者就不再套名字，而是用“咏怀”甚至就是“绝句”这样的字眼，只是为了区分罢了。再往前看，《诗三百》《古诗十九首》等，也都是无题的。所以说这类作品往往是“为情而造文”，是称情而言、伫兴而就的结果。

但是，有一类诗词是比较特殊的，那就是奉和应制、赠答酬唱之作，一般是先有题，后有诗词。虽说未尝没有佳章，比如耳熟能详的《唐诗三百首》中岑参、王维的《和贾至舍人早朝大明宫之作》等，但更多的是“为文而造情”，相题而作，较多束缚。

从鉴赏角度说，一首词作成以后，如果作者之意旨并非过于隐晦，读者可以“披文入情”的话，那么作者就不必要画蛇添足，补上题目；从创作角度说，词人创作应该是即物兴感，称情发兴，不应该预先设置题目，自缚手脚。

就词这种文体来说，又有不同于诗的地方。早期的词，词调即是题，比如《花间集》中，《女冠子》咏女道士，《河渎神》为送迎神曲，《虞美人》则咏虞姬。这种情形很像早期的乐府诗，乐府诗所咏的内容与乐府诗题是一致的；后来渐渐分离，没有意义上的关联。北宋早期，有少数词于词调之外加上小题，如“感兴”“春思”“春景”“留别”等，这些题目一般是交代时、地、对象，点醒意旨，是词作成之后再加上的。至苏轼词，有的补上小序，简述作词的情境缘由等，内容与词本身绝不重复。再至姜夔词，不仅有题有序，且序也加长了。对姜夔词序的评价，周济《介存斋论词杂著》批评说："白石好为小序，序即是词，词仍是序，反复再观，如同嚼蜡矣。"但不可否认，白石序可作一短小散文来品味，有时甚至比词本身更有吸引力。《花庵词选》和《草堂诗余》，则增入"闺情""闺思""四时景"等题，虽可厌憎，但这也可理解，就如后世教人作文的选本一般，归类以助初学者。《词源》卷下"制曲"条就说："作慢词，看是甚题目，先择曲名，然后命意。命意既了，思量头如何起，尾如何结，方始选韵，而后述曲。"对于词来说，有时这个"题"还是很用处的。沈括曾说过："唐人填曲，多咏其曲名，所以哀乐与声，尚相谐会。今人则不复知有声矣！哀声而歌乐词，乐声而歌怨词，故语虽切而不能感动人情，由声与意不相谐故也。"这里的"曲名"和"词调"是一回事。当然，"词题"如果是指后来的词中于词牌名外另加的题目，那就另当别论了。

王国维这一则针对诗词相题而作的情况作出自己的判断。的确，伟大的诗篇，是对人生实相的直观，揭示的是人类的普遍的感情，因此不应该设立题目。设立题目，难免就是先作一藩篱，将创作者活泼的文思框住。像奉和应制、制艺时文之类，相题而作，与其说是一种艺术，还不如说是一种技艺。

大家之作

大家之作，其言情也必沁人心脾[1]，其写景也必豁人耳目，其词脱口而出，无矫揉妆束之态。以其所见者真，所知者深也。诗词皆然。持此以衡古今之作者，可无大误矣。

〔**注释**〕 ①沁人心脾：本为医家语，言药力慢慢进入体内，后常用来品评诗文，形容诗文作品给人以深刻美好的感受。

〔**导读**〕 写“真景物”，要做到“状难写之景如在目前，含不尽之意见于言外”（欧阳修《六一诗话》述梅尧臣论诗语），借此解释王国维所谓的“豁人耳目”，应该是比较好理解的。

写“真感情”，能令读者有身历其境惝恍迷离的移情之感，就是沁人心脾的境地。王国维说“言情也必沁人心脾”，除了写情明朗真切外，另一层含义是诗词写出人类的共同情感，因而能够在不同读者中产生共鸣，获得沁人心脾的效果。真正的好诗词，处处闪耀着不可言说和言说不尽的美，如日月之光，如天籁清音，仿佛具有一种诺瓦利斯的所谓魔化的力量。当常人面对一些自然美景或者感动之处时，你会突然惊讶地发现维特根斯坦所说的那个不能思想的领域确实存在：理性迟钝，语言无能，感念丛生却不能表达。而当读者进入到真正好诗词的境界中，这时候你才明白你面对的文字构成的世界是一种令人愉悦的陌生，其实是一种充满着生命的感动的意象，更是一种纯粹的诗意的原初真实。王国维在《苕华词又序》说，真正的大诗人，“又以人类感情为其一己之感情”，只有超越一己之私，上升到对人类普遍感情的揭示，诗词才能给予人们以心灵的慰藉。天才的著作，“实为人类全体之喉舌，而读者于此得闻其悲欢啼笑之声，遂觉自己之势力亦为之发扬而不能自已”（《人间嗜好之研究》），这才能真正做到沁人心脾。

这则中王国维对“自然”再次加以申说，“其词脱口而出，无矫揉妆束之态”。这句很好理解，他主张诗词语言，应该明白如话，亲切自然。这与他尚自然的文艺观念是相一致的，在《人间词话》中处处可见，包括他推重五代北宋词，青睐李后主、冯延巳等，均可谓他的“自然语言观”的体现。但是，我们要知道，词要做到“沁人心脾”“豁人耳目”，并不是肆口而为，这不是王国维“脱口而出”的本意。言情、写景、述事，都属于艺术表达的层面，它们都建立在“所见者真，所知者深”的基础上，“见”和“知”，是指诗词作者作为纯粹的认识主体，深入其境，对对象进行审美的直观，透过个象而达到对本相的直观领会。境界呈现于吾心以后，才有如何“言情”“写景”“述事”等问题。只是表达的风格，在王国维那里推崇的是“自然”罢了。

诗词忌美词投赠

人能于诗词中不为美刺、投赠之篇[1]，不使隶事之句[2]，不用粉饰之字[3]，则于此道已过半矣。

〔注释〕 ① 美刺：传统儒家文论关于诗歌功用的基本主张。投赠：赠送。杜甫有《投赠哥舒开府翰二十韵》等诗。诗可以群，古人以投赠诗篇以相互慰藉，但也不乏以诗歌干谒求荣者。② 隶事：以过去的事相隶属，即引用典故。③ 粉饰：本谓傅粉妆饰，引申为雕饰文辞。

〔导读〕 早年的王国维非常厌恶诗词中的美刺、投赠的篇什，因为这与他的审美文艺观是相冲突的。——当然，后期的王国维也不乏投赠唱和之作。这一则里，他又说不用"隶事之句""粉饰之字"，那是对上一则谈及"自然"观的补充，也可视作之前谈论到的诗词"隔"的一个注脚。

我们可以把美刺和投赠分开来看待。首先，美刺是中国传统诗论的重要精神，这最早可以追溯到《诗经》。"善者美之，恶者刺之"，"论功颂德，所以将顺其美；刺过讥失，所以匡救其恶"，重视诗歌对于现实政治的介入功能，一直是传统诗歌创作和理论的重要原则。中国的文学历来有入世的规矩："子曰：诗可以兴，可以观，可以群，可以怨。"王国维反对美刺文学，从作者方面来说，王国维的意思是创作不必承担直接的政治道德功利责任。从读者方面来说，他认为不能将诗词当作政治隐语来品读其中的微言大义。在我国传统文学阐释史上，索隐比兴的微言大义是有传统的。从汉人注诗以来，一直是重要的阐释经验，但并非是正确的经验。注诗如此，品词也是如此。《人间词话未刊手稿》第 29 则，王国维批评张惠言论词重视"比兴寄托"，阐释词作注意微言之兴，王国维抨击为"高叟之固"。固然张惠言太过拘泥于从词中寻"道"，但不可否认，这是继承了中国文学阐释的传统。

至于投赠之篇，属于"可以群"，这是古代文人生活的重要内容，当然其中也不乏谄谀献媚之作。明清时期，文人集社之风高涨，这期间，文人间的唱和往来更多，而且投赠之篇往往不是内心的真实写照，这与友人之间的诉述己怀，表达慰勉是不一样的。《人间词话未刊手稿》第二则中，王国维说："诗至唐中叶以后，殆为羔雁之具矣。故五代北宋之诗，佳者绝少。至南宋以后，词亦为羔雁之具，而词亦替矣。此亦文学升降之一关键也。"意谓诗词一旦成为实用的工具，必然走向衰落。

王国维否定美刺和投赠，是从超功利审美主义文学观出发的。他主张艺术独立论，反对艺术谋求现实功利，他认为艺术所志者，是真理，是人类永恒的福祉，而非现实的实际功利。但我国传统文艺观念重视功用价值，正是这一点导致了我们哲学美学不发达。当然，忠君爱国，劝善惩恶，的确是传统诗歌的一部分重要主题。王国维则认为这只是历代诗人托以自解免的手段。

他批评功利主义文学，认为“文学者，游戏之事业也，而个人之汲汲于争存者，决无文学家之资格也”，讽刺“餔餟的文学”“文绣的文学”，绝非真正的文学。从这种文学观念出发，王国维曾批评康有为、梁启超等文学革新运动，说：“观近数年之文学，亦不重文学自己之价值，而唯视为政治教育之手段”(《论近年之学术界》)，认为这是亵渎文学之神圣。

事实上，过于推崇文学的超功利性，而忽略文学的现实价值和意义，显然是有失偏颇的。王国维把“美刺投赠”和“游戏事业”对立起来，这实际上体现出两种文学观念之间的对立。“美刺”论，是属于传统的政教伦理文学观念，注重文学的现实功能，希望诗文对于政治生活、社会伦理发挥实实在在的作用。而王国维的文学观，则是从西方而来的审美主义文学观，视文学为超功利的游戏。当然我们今天很难在二者之间作出此是彼非的独断。审美主义文学观，强调文学的审美属性，是当前文学思想的重要组成部分。但是“美刺”论，强调文学的现实功能，是否就是过时了呢？在当今的现实生活中，难道就不需要重视文学对于现实的干预、介入了吗？传统的“美刺”论，同样揭示了诗词的属性和功能，有其合理性。应该说，这两种文学观念虽然相互对立，但可以相互并存，相互补充，在不同的时代中发挥各自的价值。

白居易、吴伟业之隶事

以《长恨歌》之壮采，而所隶之事，只“小玉双成”四字[①]，才有余也。梅村歌行，则非隶事不办[②]。白、吴优劣，即于此见。不独作诗为然，填词家亦不可不知也！

〔**注释**〕 ①《长恨歌》：白居易之长篇七言歌行，咏唐明皇杨贵妃爱情故事。其中有“金阙西厢叩玉扃，转教小玉报双成”，叙杨贵妃出现在海上仙山，汉家使者让小玉报信给贵妃身边的侍女双成。小玉，是吴王夫差的女儿；双成，是传说中西王母的侍女。两个典故用在这里尤为贴切。② 梅村：即吴伟业。如吴梅村的《圆圆曲》，“鼎湖当日弃人间”，“鼎湖”用的是《史记·封禅书》的典故，指帝王之死；“可怜思妇楼头柳”，化用王昌龄《闺怨》意；“一斛珠连万斛愁”，用唐传奇《梅妃传》典故。但《圆圆曲》总体上来说，并不滞塞板腐，依然具有长篇歌行宛转流丽的特征，就是得益于白描处。

〔**导读**〕 这一则和上一则的关系很密切，上一则中提到了“不使隶事之句”，这一则就以白居易、吴伟业歌行相比较来进一步申述其主张。所谓隶事，就是使用事典，堆砌故实。白居易的《长恨歌》叙写帝王的缠绵悱恻、至死不渝的爱情悲剧，具有凄感顽艳的动人力量，王国维称之为“壮采”。我们去看《长恨歌》，可以发现它里面很少有典故，即便有，也很明了，若“小玉双成”之类，几乎对阅读不会造成障碍，这与白居易作诗时要求“老妪能解”的主张分不开。

而吴伟业的七言歌行，如《圆圆曲》《琵琶行》一类，效法元稹、白居易的“长庆体”，在清初盛传一时。对于吴伟业的长篇歌行，王国维称赏的是有气骨，白描处有深味；觉得有遗憾的是“专以使事为工”。

这一则词话，也是对吴伟业诗大量用事典表示遗憾，认为吴不如白，并且将“不使隶事之句”的原则推广到词体中。传统的诗词理论并非绝对反对用故实，而是要求善于用事，用得灵妙。

从词的起源来看，词是一种更“通”于“俗”的诗体，当筵歌唱，就需要明白如话，因此更不宜多使事、用僻事。到辛弃疾词，因多使事，刘克庄就有“掉书袋”之诮。可是，随着词的“雅”化，“使隶事之句”的坏风气在词坛上有增无减。清代前期词坛巨子朱彝尊的词，就多卖弄学问，堆砌典故，求深求僻。继之者如厉鹗词也拘挛补衲，不免晦涩奇僻，在清代词坛上产生不良的影响。刘熙载《词概》说：“词中用事，贵无事障。”因当是有感而发。浙西词派的“雅正”风格，很大程度上是靠“事障”支撑起来的。王国维在《人间词话》中反对用事典，无疑也有着现实针对性。

诗词体制尊卑

近体诗体制，以五、七言绝句为最尊，律诗次之，排律最下。盖此体于寄兴言情，两无所当，殆有韵之骈体文耳。词中小令如绝句，长调似律诗，若长调之《百字令》《沁园春》等，则近于排律矣。

〔导读〕 王国维将近体诗依次分三等，即绝句、律诗、排律。接着将词调与近体诗相比并，词调也分三等，即小令、长调、百字长调，它们之间一一相对。近体诗以绝句最尊，词中小令如绝句，最为尊贵。王国维的这种褒贬态度，是他推崇五代北宋词的态度一以贯之的表现。

为何王国维将它们一一对应呢？从形成时间来看，两者是一致的。一般认为绝句起源早于律诗，可以追溯到南北朝的乐府民歌和古诗、古乐府。绝句最早，律诗次之，排律最后；同样，小令最早，长调次之，百字长调最后。王国维秉持“始盛终衰”的文学史观，从这种观念出发，自然会尊绝句和小令。

至于认为绝句和小令“为尊”，还与王国维论文学侧重于文学的抒情性特征，尚真情、尚自然文学观，排斥各种形式框套的束缚是相呼应的。近体诗中绝句、律诗、排律三者相较，绝句较为灵活自由，通常少用典少隶事，尽可能在极少的篇幅中开辟一个世界，同时要求韵味悠长。至于律诗，已经具有较为严格的对偶和声律规则的束缚，排律更是如此。词对于音律的讲究更为严格，小令和长调相比，小令的束缚性小，而长调的格套限制要严厉得多。

联系王国维的两百余首词作来看，小令占绝对多数。在《人间词话未刊稿》中，他说，“余填词不喜作长调，尤不喜用人韵”。近人评价王国维的小令“颇有能跳出圈子语”。他颇为自负的是小令创作上的成功。从这种个人偏好出发，故有尊小令、贬长调之论。

回到传统词论中看，以小令和绝句相比，是较为普遍的看法。但很少有人将长调与律诗比并，一般是把长调与歌行相比较。长调宜操纵自如、神行气完，与歌行之流荡朗畅、一气旋转具有更多的相似性，而王国维将之比作律诗，实际上是贬斥时人长调作品之板滞不灵。他说“寄兴言情，两无所当”，是比较严厉的批评。但这种但对文体进行的批评，有时不免失之武断。所以我们要全面地去看王国维前后的话。《人间词话未刊手稿》第 17 则，王国维说：“长调自以周、柳、苏、辛为最工。美成《浪淘沙慢》二词，精壮顿挫，已开北曲之先声。若屯田（柳永）之《八声甘州》，玉局（苏轼）之《水调歌头》（中秋寄子由），则伫兴之作，格高千古，不能以常词论也。”所以，对于优秀的词作，即便是长调，王国维也会反复称引。

宇宙人生能入能出

诗人对宇宙人生，须入乎其内，又须出乎其外。入乎其内，故能写之；出乎其外，故能观之。入乎其内，故有生气；出乎其外，故有高致。美成能入而不能出，白石以降，于此二事皆未梦见。

〔导读〕　这一则所论，是艺术观照的“能入”和“能出”问题。王国维这里说“诗人对宇宙人生，须入乎其内”，强调诗人要具有真切深刻的人生体验，细致观察自然外物的特征和关系，品尝人生世态的苦乐悲欢，唯具有耳闻目睹的亲历感，在文艺作品中才“能写之”，这是容易理解的。至于“诗人对宇宙人生，又须出乎其外”，创作者同时要站在旁观者的角度，才能不为情所拘，才能站在更高更远的角度去看待宇宙人生，思索宇宙人生中一些永恒的命题。叔本华认为，审美的观照一个必须的条件是主体的转变，即从受到意志支配的、生活在具体时空和因果关系中的“欲望主体”，转变为挣脱意志支配、摆脱个人臆见的、“纯粹的认识主体”。只有从“欲望主体”提升到“纯粹主体”后，艺术家才能获得“明亮的世界眼”，这时的审美观照，才可以“超然于该对象和任何其他对象的关系之外”，主体“栖息于、浸沉于眼前物件的亲切观审中”，通过对个别事物的表现，而引起人们对理念的认识。这就是“出乎其外”的“高致”。

王国维在《叔本华与尼采》一文中引述叔本华的话说：

惟大诗人见他人之见解之肤浅，而此外尚多描写之余地，始知己能见人之所不能见，而言人之所不能言。故彼之著作不足以悦时人，只以自赏而已。

所谓“能见人之所不能见，而言人之所不能言”，就是因为“大诗人”具有“明亮的世界眼”，“是普照世界的太阳”，能“出乎其外”，能够避开意志的挟制，超然于“根据律”之外，直观对象，领悟理念。王国维在《叔本华像赞》中说：“天眼所观，万物一身。”所谓“天眼所观”，就是诗人对宇宙人生，“出乎其外”的观照。

接下来，王国维评价了周、姜二人的长调。他说周邦彦词“能入而不能出”。“能入”，意思是说能描写世相物态逼真细致，与他在另一则里品评周邦彦词“言情体物，穷极工巧”意思是一致的。“不能出”，也就是在另一则词话里品评周邦彦词所谓“深远之致不及欧、秦”的意思，词旨不能够进一步深入到对人生普遍性问题的揭示。南宋姜夔以下诸人词，在王国维看来，人品卑俗，词格不高，不在意境上用力，唯堆砌典故，装饰藻彩，故而说“于此二事皆未梦见”。这样的评价，与王国维喜在评判中下决绝的断语是一致的，这也是传统诗词论“吉光片羽”的特点，因为不能时时求全，所以必然会有失偏颇，这对我们现在的读者来说，理解的同时也要心存警惕。

轻视与重视外物

诗人必有轻视外物之意，故能以奴仆命风月[①]。又必有重视外物之意，故能与花鸟共忧乐[②]。

〔注释〕 ① 以奴仆命风月：是化用杜牧《昌谷集序》“少（稍）加以理，奴仆命骚可也”一句，在这里是超然物外的意思。② 与花鸟共忧乐：杜甫《春望》：“感时花溅泪，恨别鸟惊心。”司马光《续诗话》：“花鸟平时可娱之物，见之而泣，闻之而悲，则时可知矣。”

〔导读〕 这一则与上一则关系十分紧密，都是谈创作主体对于客体的态度。“外物”这里大体上是指自然界的事物。“轻视外物”，其实就是上一则中的“能出”，超脱外物，自然不受外物所限，没有功利思想。就如苏东坡在《赤壁赋》中曾说：“天地之间，物各有主，苟非吾之所有，虽一毫而莫取。惟江上之清风，与山间之明月，耳得之而为声，目遇之而成色，取之无禁，用之不竭，是造物者之无尽藏也，而吾与子之所共适。”“重视外物”，就是上一则的“能入”，要写真景物，就要去体认外物，才能“与花鸟共忧乐”。

这一则涉及文艺的“超功利性”问题。王国维受德国古典主义美学家康德、席勒的影响，视文艺为游戏的事业，突出文艺的自由创造性和超功利性。《人间词话未刊手稿》里说："诗人视一切外物，皆游戏之材料也。"诗人"轻视外物"，就是摆脱生活之欲的束缚，成为超然物外的纯粹主体。生活中我们每一个人，都在具体的时间、空间及各种复杂的因果关系中，因此我们总是以功利的眼光观察世界，向世界索取，以满足自己的欲望。这时主体受役于意志、欲望，因此总是不自由的，是痛苦的。主体只是以"欲望之眼"认识个别事物，而不能上升到对理念的认识。这种情形下，审美观照、艺术创作是不可能发生的。

而艺术的审美观照则不同。此时的主体已经发生一种变化，即避开意志的挟制，抛开欲望的奴役，而成为不带意志的主体，进入纯粹的认识。这时主体认识事物，不再是考察"何处""何时""何以""何用"，而是"把人的全副精神能力献给直观，浸沉于直观，并使全部意识为宁静地观审恰在眼前的自然对象所充满"，人自失于对象之中了。这种摆脱意志的挟制，超然于对外物时空、因果关系的认识，就是王国维所谓"轻视外物"的意思，也即《红楼梦评论》中所谓"观者不欲，欲者不观"，不以功利主义的眼光观审对象，而是进入纯粹的审美直观。

所谓"又必有重视外物之意，故能与花鸟共忧乐"，是说艺术观照中的纯粹主体"也不是让抽象的思维、理性的概念盘踞着意识"，而是全部意识为眼前的自然对象所充满，达到"物我如一"的境地。

王国维论诗词称赞“诗人体物之妙，侔于造化”(《文学小言》)，赞赏词人写物能得物之神理，这正是“重视外物”之意。《人间词话未刊手稿》说：“然其游戏，则以热心为之。故诙谐与严重二性质，亦不可缺一也。”能超越外物的羁绊，故可以诙谐玩物；但与一般游戏的随意性态度不同，文学需热心为之，全身心地真情投入。和《人间词话》开篇提出的“境界说”相联系，这一则其实对应的是“主观之诗人”和“客观之诗人”。主观之诗人，重视外物，人与花鸟同忧乐，花鸟亦与人同忧乐；客观之诗人，轻视外物，“以奴仆命风月”，作品必然是带有哲思的澄净与空明。

淫词、鄙词、游词

“昔为倡家女，今为荡子妇。荡子行不归，空床难独守”；“何不策高足，先据要路津？无为久贫贱，轗轲长苦辛”：可谓淫鄙之尤。然无视为淫词、鄙词者，以其真也。五代、北宋之大词人亦然，非无淫词，读之者但觉其亲切动人；非无鄙词，但觉其精力弥满。可知淫词与鄙词之病，非淫与鄙之病，而游词之病也。“岂不尔思，室是远而。”而子曰：“未之思也，夫何远之有？”恶其游也。

〔导读〕　汉初，淮南王刘安提出“《国风》好色而不淫”。王国维此则中界定了淫词、鄙词和游词，一方面是对“好色而不淫”的继承和发展，另一方面也是进一步强调了对诗词作品的真感情的重视。

《古诗十九首》之“昔为倡家女”抒写的是女子的爱情，是“情欲”；“何不策高足”抒写的是对步入仕途的渴望，是“势欲”：作者还没有摆脱人生的羁绊，所以王国维说“可谓淫鄙之尤”。“空床难独守”对爱欲的直白抒写，后人无法容忍，或解释为另有隐喻，或斥其卑俗。王国维尚真情，尚率真，肯定此诗抒写情感之真切，不能算作淫词、鄙词。不管是“情欲”还是“势欲”，都是生活的本质、人生的意志，是苦痛的根源，但是诗人能暂时摆脱意志的挟制，而以纯粹主体对自身的意志作审美的静观，将之写入诗词中，使我们能够纯洁明晰地直观到理念。这就是艺术，所以王国维很坦荡地表示这些“无视为淫词、鄙词”，因为它“真”。

对于五代北宋之词，王国维亦作如是观。《未刊稿》里有云：“唐五代、北宋之词家，倡优也。”倡优之词，其失在“淫”，在“艳”，然不失伶工本色。这里值得提一提过去关于“淫词”的评论。词是适应市民娱乐需求而产生的，其体制艳丽婉约，簸弄风月，陶写性情，声出莺吭燕舌间，偎红倚翠，所以早有“艳词”之称。除了这类，更多的是男女情事，更加露骨，多涉艳情，后人斥之为“淫词”。“淫词”代代都有，甚至出现“密约偷期，把灯扑灭，巫山云雨，好梦惊散”之类恶俗字面。同时，大雅之士担心这些“淫词”伤风败俗，也在极力抵制。艳词，用叔本华的话来说就是“媚美”。用王国维《红楼梦评论》的话来说就是“眩惑”。古代文学中的“粔籹蜜耳”“玉体横陈”，都是“使吾人自纯粹之知识出，而复归于生活之欲”，都是意志的激动，因此不是美。“媚美”“眩惑”与美的根本区别是诗人能否以“纯粹主体”观物。能够避开意志，审美是以纯粹主体观物，就是王国维所说的“以其真也”，就会获得“亲切动人”“觉其精力弥满”之类的愉悦，而非饕餮占有的欲望萌动。“媚美”与

"眩惑"则是导欲增悲之具。都说"诗庄词媚"，但这里的"媚"更多地落脚于声情婉娈，不同于"媚美"。

这则的重点不在批评淫词鄙词，因为真正的淫词鄙词不需要多作判断就可以得出，自然不会太过扰乱读者的视野。这一则的主旨，在于批评"游词"。王国维借用《论语·子罕》中孔子的话来斥贬游词。"岂不尔思"二句，原诗已逸，意思是，思其人而不得见者，因其室远也。孔子驳斥说：是不知思也，有什么远呢！王国维借此来说明，所谓游词，就是无真情、不诚挚之词。王国维在《人间词话未刊稿》第45则里对"游词"解释得很清楚："词人之忠实，不独对人事宜然，即对一草一木，亦须有忠实之意，否则所谓'游词'也。"对一草一木，亦怀有忠实之意，就是饱蕴深情，与物为一，物我两忘。否则物、我悬隔，主客对待，写出来的就是"游词"。

"真"与"忠实"是与"游词"决然相对的艺术至境。南宋后之词家，乃俗子也。俗子之词，其失在"游"，在"假"。面对不能"忠实"于自然，不能"忠实"于自我的俗子之词，王国维感慨："吾宁闻征夫思妇之声，而不屑使此等文学嚣然污吾耳也！"文学拥有了真情实感，读者即便是千载之后也能感受到跳跃的诗心词心，尤其是关系到人自身的情感欲望的方面，更容易激起人的共鸣。而虚伪的文学，即便敷粉镂金，只是让人看着觉得像华美的玩偶，这也是为何王国维不喜"花间"，而推崇冯延巳、李煜、东坡等五代北宋词的原因。

《天净沙》得绝句妙境

“枯藤老树昏鸦，小桥流水人家，古道西风瘦马。夕阳西下，断肠人在天涯。”此元人马东篱《天净沙》小令也[①]。寥寥数语，深得唐人绝句妙境[②]。有元一代词家，皆不能办此也。

〔注释〕　① 马东篱：即马致远（1250？—1321？），号东篱，大都（今北京）人，曾任江浙行省务官。晚年向往田园闲适生活，当时有“曲状元”之称，是“元曲四大家”之一。平沙，《二牖轩随录》做“人家”。② 绝句之妙，在于言语简洁而余味隽永。马致远《天净沙》前三句写景蓄势，末句点出题旨，戛然而止，留有余韵，故谓“深得唐人绝句妙境”。

〔导读〕　《人间词话》的最后两则提到了元代小令。这符合王国维所谓“一代有一代的文学”的观点。传统被士大夫所轻视的戏曲，在明清时期越来越受到重视，特别是晚清时期，一些有识之士重视戏曲的思想启蒙意义。如陈独秀《论戏曲》说：“戏曲者，实普天下之大学堂也；优伶者，实普天下之大教师也。”王国维也很早就关注戏曲研究，并从基础材料入手。他立论的基点还是在文学性，而非宣传政治思想的实际功用。在《曲录自序》中，王国维说："追原戏曲之作，实亦古诗之流。"又在《宋元戏曲史》里称"元之曲"与唐诗、宋词一样，"皆所谓一代文学"。元曲包括元人散曲和杂剧。这里所论是马致远的散曲《天净沙》小令。这首小令，选择"枯藤""老树""昏鸦""小桥""流水""人家""古道""西风""瘦马"九个最具有情绪性的意象，交相映衬，组成一幅萧瑟秋意图。第一句写凄清苍凉的秋景，与诗人羁旅天涯的疲惫心情相辉映融洽，第二句平和宁静，倦极的旅人面对的这幅画，是温暖，是希望，是小小的歇息的港湾，即便是过路，看到"人家"也会想到自己远方的家，无论是起点还是终点，但都让人心中一暖，两句一冷一暖，意境浑融。第三句一出，萧飒之感顿生。前三句工对，句句押韵，"鸦""家"平声；"瘦马"去上，一顿；"下""涯"，顿而扬开。曲折顿挫，余味不尽。周德清《中原音韵》誉之为"秋思之祖"。王世贞《艺苑卮言》附录称之为"景中雅语"。王国维在这里品评曰："深得唐人绝句妙境。"又在《宋元戏曲史》中品曰："纯是天籁，仿佛唐人绝句。"这是很精当的。唐人绝句，"以委曲含蓄自然为尚"（刘熙载《艺概·诗概》），浑圆一气，言外悠然。《天净沙》正具有唐人绝句的神韵。所以，"元人曲中小令，以无名氏《天净沙》为第一"，是历来已有的定评。

创者易工，因者难巧

白仁甫《秋夜梧桐雨》剧[1]，沉雄悲壮，为元曲冠冕。然所作《天籁词》[2]，粗浅之甚，不足为稼轩奴隶。创者易工，而因者难巧欤？抑人各有能有不能也？读者观欧、秦之诗远不如词[3]，足透此中消息。

〔**注释**〕 ① 白仁甫：即白朴（1226—1306），字仁甫，一字太素，号兰谷。祖籍隩州，先后寓居真定（今河北正定）、金陵（今南京），终身未仕。“元曲四大家”之一。②《天籁词》：即《天籁集》，二卷，白朴词集名。③ 欧、秦之诗远不如词：秦观之诗不如词，当属定论。意谓秦观诗写得太软太媚。然谓欧阳修诗“远”不如词，似是王国维创论。欧诗是宋调的开创者，欧词与晏殊词并称，各有千秋，似难以轩轾。

〔**导读**〕 白朴（字仁甫）的《梧桐雨》，是一部叙述在安史之乱背景下展开的唐玄宗和杨贵妃缠绵凄惨的爱情故事的历史剧。全剧以李隆基面对杨玉环“真容”的一番凄苦哀婉的抒情结束。唱词中如“空对井梧阴，不见倾城貌”，“本待闲散心追欢取乐，倒惹的感旧恨天荒地老”，等等，都是从具体的爱情悲剧事件上升到表达盛世必衰落，真情难厮守，美好归凋零的幻灭感，上升到对人生的悲剧性本相的揭示，这是符合王国维悲观主义人生观的，是对人生之真理的揭示，因而王国维称誉它“沉雄悲壮，为元曲之冠冕”。

《天籁词》是白朴的词集。词至元代已呈颓势，因袭模仿，不能跳脱前人藩篱，难以创造生新。不过白朴词是元代词坛的上乘之作。白朴有一些抒写兴亡感慨的词作，如“长江不管兴亡，漫流尽英雄泪千行”(《沁园春》)、“去去天荒地老，流水无情”(《夺锦标》)、“新亭何苦流涕，兴废古今同”(《水调歌头》）等句，沉痛悲怨，然能放不能忍，不能潜气内转，粗豪有余，隽秀不足，故而王国维说“不足为稼轩奴隶”。

为什么白朴杂剧堪称元曲冠冕而词作“粗浅之甚”呢？王国维用疑问的句式给出两种解释：

一是“创者易工，而因者难巧”，这与他的“始盛终衰”文学史观是一致的。每一种文体在它童年时期都表现出旺盛的生命力，随着文人染指渐多，渐渐落入格套，难以自拔，生命力就衰微了。在王国维看来，杂剧的童年在元代，而词至南宋便已走下坡路了，元人之词只能在宋人的牢笼中冷淡地生活。

二是“人各有能有不能”，王国维这里列举欧阳修、秦观之诗远不如词，也是这种现象，像苏轼那样诗、词、文章兼善的通才，文学史上是很少的。这也就是曹丕《典论·论文》所谓“能之者偏也，唯通才能备其体”的意思。而历史上真正的“通才”是少而又少的。